DEWEY GRAM

Gladiador

basado en el guión de
DAVID FRANZONI, JOHN LOGAN
y **WILLIAM NICHOLSON**
Historia de **DAVID FRANZONI**

punto de lectura

Título original: *Gladiator*
Traducción: Equipo editorial de punto de lectura
™ & © 2000, DreamWorks LLC and Universal Studios
© 2000, Ediciones B, S. A.
© De esta edición: junio 2000, Suma de letras, S.L.
Barquillo, 21. 28004 Madrid (España) www.puntodelectura.com

ISBN: 84-663-0125-9
Depósito legal: B. 11.617-2001
Impreso en España – Printed in Spain

Diseño de colección: Ignacio Ballesteros

Impreso por Litografía Rosés

Segunda edición: septiembre 2000
Tercera edición: febrero 2001

Todos los derechos reservados. Esta publicación no puede ser reproducida, ni en todo ni en parte, ni registrada en o transmitida por, un sistema de recuperación de información, en ninguna forma ni por ningún medio, sea mecánico, fotoquímico, electrónico, magnético, electroóptico, por fotocopia, o cualquier otro, sin el permiso previo por escrito de la editorial.

DEWEY GRAM

Gladiador

basado en el guión de
DAVID FRANZONI, JOHN LOGAN
y **WILLIAM NICHOLSON**
Historia de **DAVID FRANZONI**

En el apogeo de su poder, el vasto Imperio romano se extendía desde los desiertos de África hasta los límites del norte de Inglaterra.

Más de una cuarta parte de la población mundial vivía y moría bajo el gobierno de los césares.

En el invierno del año 180 d. de C., la campaña de doce años emprendida por el emperador Marco Aurelio contra las tribus bárbaras de Germania se aproximaba a su fin.

Un último bastión se interponía en el camino de los romanos, impidiéndoles alzarse con la victoria y mantener la paz en el imperio.

1

El trigo estaba alto y frondoso. El hombre caminaba a través del campo bañado por el sol, acariciando con la mano las gruesas espigas y dejando que éstas se deslizaran entre sus dedos. Contempló las onduladas colinas y la serpenteante calzada que conducía a una granja rodeada de cipreses blancos, manzanos y perales. Oyó la risa de un niño no lejos de allí. Un petirrojo que agitaba el aire con su aleteo se posó sobre la rama de un pino silvestre. El ave ladeó la cabeza, como preguntando: «¿Qué haces tú aquí?» Él lo miró, ladeando también la cabeza, y sonrió.

El sonido de unos cascos y unos gritos alarmó al petirrojo, que levantó apresuradamente el vuelo.

El estrépito sacó de su ensimismamiento al hombre, que apartó la vista del ave que se alejaba. No iba vestido con las ropas de un agricultor, como él mismo había imaginado, sino que montaba un caballo de batalla y lucía la noble armadura de la legión más feroz de guerreros romanos. El petirrojo se elevó sobre un paisaje devastado por los ejércitos contendientes y sembrado de tocones calcinados. El asolado terreno, conquistado por las huestes enemigas, ofrecía el aspecto de un siniestro lodazal empapado en sangre negra y coagulada en el que no quedaba una brizna de hierba ni una hoja verde.

Más allá del cenagal, detrás de una hilera de árboles que formaban un pinar, los ejércitos tribales germánicos que se habían visto obligados a retroceder estaban reagrupándose y preparándose para atacar.

El hombre contempló el espectacular y lúgubre panorama. A lo lejos, sobre las grietas y las brechas, se extendían las trincheras, los terraplenes y las formaciones de un masivo ejército romano dispuesto para el asalto: su ejército, el Ejército del Danubio. Máximo, el agricultor, sería una vez más Máximo, el general que acaudillaría a sus hombres en una última batalla. Después regresaría a su hogar.

Máximo tenía una gran fe en el poderoso ejército que había reunido aquella gélida y nublada tarde: cuatro legiones romanas que comprendían casi cuarenta mil hombres, entre tropas y fuerzas auxiliares, todos uniformados para la batalla. Las filas de aguerridos soldados de infantería y caballería estaban respaldadas por un gran número de arqueros, honderos, unidades de artillería e ingenieros que accionaban las gigantescas ballestas y catapultas. Los arqueros sirios, armados con arcos cortos, aguardaban impacientes junto a las tropas auxiliares que conducían unas máquinas llamadas *carroballistae*, o escorpiones, que disparaban múltiples flechas a la vez. Los más temibles eran los legionarios, la crema y nata de los soldados romanos, con su armadura de hierro forjado negra y plateada y armados con dos lanzas arrojadizas, un escudo de bronce y cuero impenetrable y la célebre y mortífera espada corta, llamada *gladius*. Era un ejército ansioso por entrar en batalla, ávido de pelea, sediento de sangre.

De pronto apareció un contingente de caballos a galope tendido y Máximo hizo girar rápidamente su montura para que no lo arrollaran. Alzó el brazo para saludar a la columna de soldados de caballería armados que avanzaban envueltos en un fragor de cascos, arneses y zapatos de hierro que escupían barro y piedras. Los soldados levantaron sus lanzas en un vehemente saludo a su comandante antes de descender a galope por la colina.

Máximo Décimo Méridas, capitán general del ejército del norte, con una capa de piel de lobo blanca y gris sobre las hombreras de su armadura, pasó revista a sus tropas. No llevaba la capa para abrigarse, sino como un símbolo; para que sus hombres recordaran la loba, el animal a un tiempo feroz y tierno que según la leyenda había amamantado a los fundadores de Roma; para recordar a los soldados que combatían por la gloria del imperio.

El general Máximo pasó a caballo ante las filas de soldados de infantería, caballería, arqueros y tropas auxiliares, de expresión seria y solemne. La única luz que percibían los soldados aquella tarde plomiza era la que emitían los ojos de su capitán, un destello de orgullo que decía: «Hemos recorrido este camino en otras ocasiones y hemos salido victoriosos. Hoy también nos alzaremos con la victoria.»

En los semblantes de los hombres, tensos y nerviosos antes de la batalla, se dibujaba una breve sonrisa cuando el capitán pasaba ante ellos.

Máximo, de treinta años de edad, complexión musculosa, moreno y de talante enérgico, gozaba de una reputación legendaria como jefe militar. La armadura de oficial legionario que lucía, cuyo peto adornaban la efigie de la loba de Roma y el escudo del Regimiento Félix de caballería al que pertenecía, presentaba un aspecto imponente aunque maltrecho; su espada estaba ensangrentada debido a la larga campaña bélica. El sudor y la tierra le apelmazaban el pelo corto y moreno y la barba recortada, pero en sus ojos no se advertía la menor huella de cansancio, sólo la expresión adusta de un militar a punto de entrar en combate. Mientras no hubiera cumplido con su misión, mientras no hubiera derrotado a las tribus de alamanes, marcomanos o sármatas, debía permanecer en las trincheras. Y al frente de sus hombres.

Pese a ser el capitán general supremo del Ejército del Danubio y de todos los ejércitos occidentales, Máximo no era un hombre arrogante ni pagado de sí mismo. Se consideraba la suma del valor y la lealtad de sus soldados, nada más.

Máximo avanzó por entre sus tropas, revisando cada detalle de las mismas. Al llegar a la línea formada por las grandes ballestas, se detuvo para dirigirles unas palabras a sus hombres. A un gesto de su cabeza, los equipos de ingenieros se apresuraron a colocar las gigantescas máquinas de madera provistas de ruedas en un ángulo distinto. Máximo pasó ante un escuadrón de soldados de infantería que afilaban sus cortas pero eficaces espadas.

Máximo se volvía con frecuencia hacia los lejanos árboles, escrutándolos y atento a algún sonido que indicara la inminencia de un ataque. Sólo temía una cosa: que el enemigo se precipitara sobre él por sorpresa, antes de que estuviera preparado para el ataque. El primer paso no detectado, insistía a sus hombres, sería la primera llamada a la puerta de una muerte segura.

El viento silbaba entre los pinos; Máximo ladeó la cabeza para percibir un sonido específico. A lo lejos oyó un ruido, el sonido distante de cascos de caballos y órdenes emitidas a voz en cuello que el viento transportó hasta él. Luego nada.

El capitán general no era el único que dirigía la vista a menudo hacia los lejanos árboles. Todos los legionarios romanos, tanto los auxiliares como los *numeri*, sabían que aquel momento de inercia y lasitud pronto acabaría. Al final de estas horas de espera y temor aguardaba la gloria de la batalla o el espectro brutal de la muerte.

Máximo cabalgó entre los soldados hacia el puesto de mando, situado en la cima de la colina, donde sus oficiales se hallaban congregados en torno al brasero de campaña para entrar en calor, aguzando todos sus sentidos para percibir el menor rumor en el bosque, a mil metros de donde se encontraban.

—¿Nada? —preguntó Máximo a Quinto, su fiel lugarteniente.

Quinto negó con la cabeza. Quinto Magno, un hombre delgado, de rostro curtido y lleno de cicatrices, que aparentaba más edad que sus treinta y dos años, era capitán del regimiento y un veterano, junto con Máximo, de la campaña germana, que duraba desde hacía doce años. Otros hombres aguardaban las últimas órdenes de Máximo: los tribunos, legados y centuriones veteranos, los oficiales superiores de las legiones. Todos estos soldados, bien remunerados, competentes y valerosos, tenían entre veinte y treinta y pocos años, pero eran unos hombres endurecidos que demostraban una pericia muy superior a su edad debido a los muchos años de guerras salvajes.

—Ni una señal —respondió Quinto.

Tras desmontar, Máximo se unió al círculo de oficiales y extendió las manos sobre el brasero para calentárselas. Un *tesserarius*, un joven oficial, le entregó un humeante cuenco de sopa. Máximo la bebió a sorbos mientras charlaba con sus oficiales en voz baja, sin apartar la vista de los árboles.

—Está a punto de nevar —comentó Máximo—. Me lo dice el olfato.

—Cualquier cosa es preferible a esta maldita lluvia germana —aseveró Quinto, contemplando el empapado lodazal que rodeaba a sus hombres.

Máximo alzó los ojos hacia el firmamento.

—¿Cuánto hace que partió? —preguntó.

—Casi dos horas —contestó Valerio. Valerio *magister peditum*, maestro de a pie, capitán de las divisiones de infantería de Máximo, era un hombre corpulento y barbado. Siguió bebiendo del cuenco de sopa, que sostenía con manos vendadas.

—¿Qué tal tus manos? —preguntó Máximo en voz baja.

—Rígidas —respondió Valerio. Había sufrido graves quemaduras en las manos en una escaramuza anterior con los germanos. El robusto oficial había dado un giro a la batalla al variar la trayectoria de un chorro de aceite hirviendo sobre un grupo de marcomanos que se disponía a arremeter contra un pelotón de legionarios atascados en el lodo hasta las rodillas. Máximo conocía el arrojo de Valerio, quien ocupaba el cargo de centurión desde hacía muchos años. Los oficiales que carecían de su valor vivían pocos años o acababan desterrados en lugares lejanos y desolados.

Un oficial de caballería, que llevaba un casco adornado con plumas rojas, se acercó a galope y se detuvo al pie del puesto de mando.

—La caballería está en posición, general —informó alzando su larga espada.

Máximo asintió con la cabeza.

—Espera la señal —contestó.

El oficial de caballería saludó e hizo dar media vuelta a su caballo para regresar a su puesto.

El mozo de Máximo sujetó las riendas de su nerviosa montura.

—¿Pelearán contra nosotros, señor? —preguntó el joven.

—No tardaremos en averiguarlo —respondió el comandante.

No lejos de allí, los cuatro aquilíferos, soldados que portaban la insignia en cada una de las cuatro legiones del ejército de Máximo, aguardaban bajo las veneradas enseñas del águila. Estos emblemas sagrados —unas varas de madera de vid coronadas con unas águilas doradas de alas extendidas, coronas de laurel y las insignias de cada legión— representaban el genio o el espíritu inquebrantable de cada soldado. Vestidos con uniformes de piel de oso especiales, los aquilíferos sostenían sus estandartes inmóviles, con la vista fija en Máximo, ansiosos de que éste les indicara que alzaran sus emblemas para llamar a los hombres a formar en orden de batalla. Al igual que el resto de los soldados, estaban hartos de la interminable espera en aquel gélido lodazal y anhelaban entrar de nuevo en combate.

2

Quinto, el lugarteniente de Máximo, se quitó el casco mientras iba y venía nervioso por el puesto de mando. La tensión lo ponía irritable. ¡Llevaban horas así! Quinto observó las grandes y recias ballestas, las catapultas que arrojaban piedras y bolas de fuego, que apuntaban a los árboles. Sus grandes ruedas delanteras reposaban sobre unas calzas construidas con barro y troncos a fin de perfeccionar el ángulo de tiro.

—¡Te ordené que adelantaras las catapultas! —gritó Quinto al oficial encargado de éstas—. ¡No están bien orientadas!

El oficial miró tenso a Quinto y a Máximo. Estaba cubierto de barro y sudor por haber ayudado a sus hombres a instalar las catapultas, arrastradas por caballos, en la posición adecuada. Después de alzarlas y asegurarlas, encendieron junto a ellas unas hogueras para prender fuego a los proyectiles.

—El ángulo de tiro es correcto —replicó el capitán en tono sereno—. ¿No estás de acuerdo? —preguntó, sonriendo a Quinto.

Acto seguido centró su atención en su caballo, y el oficial encargado de las catapultas exhaló un suspiro de alivio.

Quinto respiró hondo, ardiendo en deseos de discutir sobre el asunto. No obstante, decidió guardarse la rabia para descargarla sobre el enemigo.

—¿Por qué tardan tanto? —rezongó mirando hacia los árboles—. Sólo tienen que decir sí o no.

Un vigía apostado en el campo gritó de pronto:

—¡Aquí viene!

Todos se volvieron hacia los árboles. Los soldados se quedaron inmóviles, tensos y a la espera. De entre los árboles salió un jinete que galopaba hacia las líneas romanas. Desapareció en una hondonada y luego resurgió, un poco más cerca, acompañado por el estrépito de los cascos de su montura. Aunque se hallaba bastante lejos, había algo extraño en el jinete, en la postura torpe y desmadejada que mantenía sobre la silla.

Máximo achicó los ojos para ver mejor a través del resplandor y el humo que emanaban del millar de hogueras y, horrorizado e indignado, comprendió en el acto lo ocurrido. Sin embargo dejó que el jinete se acercara un poco más para estar seguro.

—Han dicho que no —afirmó Máximo.

Los oficiales y los impacientes soldados que lo rodeaban vieron al jinete lo bastante cerca para observar lo que Máximo ya había comprendido. El soldado, un oficial romano de alta graduación, un centurión a quien habían encomendado esta importante misión, estaba atado al caballo, decapitado.

Máximo observó al soldado asesinado que se aproximaba a ellos; su torso oscilaba de forma grotesca sobre la silla y su noble armadura negra romana y túnica de color rojo teja estaban empapadas en sangre. El rostro de Máximo parecía una máscara de piedra que sólo traslucía una intensa concentración. Sabía lo que debía hacer. De pronto se le antojó que la vida era muy sencilla.

—¡Por todos los dioses! —exclamó Valerio con voz entrecortada.

—¡Los crucificaré! —gritó Quinto.

Del otro lado del frondoso bosque que cubría esa tierra de nadie apareció el miembro de una tribu germana, un individuo gigantesco envuelto en una capa de piel y un primitivo traje de batalla. Alzó la cabeza cortada del emisario romano, que sujetaba por el cabello en un cruento gesto de desafío. Rompió a gritar, vomitando su rabia visceral contra el ejército romano que se extendía ante él, tan numeroso que parecía llegar hasta el horizonte.

Las tropas romanas, disciplinadas, aguerridas e imbuidas del valor y de la fuerza que confieren siglos de superioridad, lo contemplaron impasibles.

El jefe germano arrojó hacia ellos la cabeza del emisario romano. Ésta describió un arco en el aire y aterrizó en el suelo enlodado, donde rebotó y rodó unos metros.

Máximo sacudió la cabeza.

—Cuando un pueblo ha sido conquistado, debe aceptarlo —murmuró Quinto con una voz ronca y llena de odio.

Máximo no apartó la vista del encolerizado germano.

—¿Lo aceptarías tú, Quinto? —preguntó sin quitar ojo del iracundo germano—. ¿O yo?

Máximo conocía a los germanos y las semillas de

su odio. Las legiones romanas habían diezmado a los antepasados de las tribus de alamanes, marcomanos y cuados hacía muchas generaciones, expulsándolos de sus tierras y obligándolos a atravesar el Danubio hacia la Germania libre y un exilio nómada.

Máximo estaba familiarizado con la historia y los sufrimientos de todas las tribus bárbaras que se habían aliado en la más formidable confederación germana que jamás había existido, empeñada en expulsar a los romanos de la próspera región bañada por el Rin y el Danubio. Los catos, los alamanes, los roxolanos y otros pueblos sármatas, los marcomanos de Bohemia, los longobardos y los cuados, los costobocos de los Cárpatos; todos estaban hambrientos, pues su vasto número superaba en mucho la cantidad de alimentos que producía el gélido norte, azotado por constantes sequías y plagas. Codiciaban el grano y el oro de los romanos. Los movían su afán de venganza y la desesperación.

Máximo apartó de su mente cualquier humanidad que pudiera poseer el enemigo. «Si es preciso hacerlo —se dijo—, se hará bien.» Las legiones romanas que lo había precedido habían logrado, gracias a su poder y su tesón, construir un gran imperio de la nada, consolidarlo y mantenerlo seguro y en buena marcha desde hacía setecientos años. Él mismo había sido capitán del asediado y frágil frente germano durante casi tres años. No cesaría de luchar hasta destruir a los enemigos de Roma, hasta dejar esta porción del imperio en paz y fuera de peligro.

Máximo aferró con fuerza el brazo de Quinto y luego el de Valerio.

—Fuerza y honor —les dijo.

—Fuerza y honor —respondieron ambos a la vez.

Máximo se encasquetó el casco de bronce y hierro y tomó las riendas de su montura de manos de su mozo. Montó e hizo girar su corcel hacia el enemigo, hacia las masas de germanos que habían comenzado a salir del bosque.

—Espera la señal —dijo a Quinto—. Luego atácalos.

Tras estas palabras Máximo aguijoneó a su caballo y echó a galopar para reunirse con el Regimiento Félix.

Quinto se volvió y gritó hacia uno y otro lados:

—¡Empuñad las armas!

Unos oficiales de menor graduación —llamados *tesserari*— transmitieron la orden a lo largo de las filas. El eco de sus voces se propagó en oleadas a través del campamento integrado por cuarenta mil hombres. El ruido metálico de armaduras y armas invadió la atmósfera cuando el enorme aparato de guerra romano se aprestó para la batalla.

—¡Cargad las catapultas! —gritó Quinto.

La orden retumbó a través de las filas.

—¡Dispuesta la infantería para avanzar! —gritó.

La orden pasó de los prefectos a los legados, de éstos a los centuriones y de los centuriones a los oficiales más jóvenes. Los soldados de infantería se levantaron, afianzaron sus armas y escudos y empezaron a agruparse en torno a los ochenta estandartes de cada legión. Miles de hombres, curtidos por intensas maniobras de instrucción, encontraron sus puestos sin equivocarse entre las filas bajo los estandartes de sus centurias, los escuadrones de batalla formados por unos quinientos o seiscientos hombres.

—¡Preparados los arqueros! —atronó Quinto.

—¡Preparados los arqueros! —gritaron los oficiales de menor rango a través de las filas hasta los arqueros auxiliares y los arqueros sirios, cuyo número ascendía casi a diez mil, que procedieron a aprestar sus pequeños y mortíferos arcos.

Máximo avanzó a galope a través de las filas de soldados, saludándolos con el brazo alzado, sintiendo que los latidos de su corazón se aceleraban y la sangre le hervía en las venas. Cada soldado romano lo observó, ansioso de luchar contra el enemigo.

3

Los caballos exhalaban nubes de vaho por las fosas nasales mientras la caravana avanzaba a gran velocidad hacia el norte, transportando el carro imperial hacia el territorio de los salvajes alamanes y marcomanos. Sólo la interminable vía romana empedrada que discurría a través del frondoso bosque constituía un indicio de civilización.

Viae Romanae. Las calzadas del Imperio romano, al igual que las arterias de un gigante, conducían energía a las extremidades; un poder representado por las potentes legiones, el oro, el trigo y el maíz que las alimentaban, las leyes y los edictos romanos y los implacables gobernadores coloniales y funcionarios encargados de aplicarlos.

El Imperio romano en el siglo II d. de C. rodeaba el Mediterráneo y abarcaba desde el Sáhara y Egipto hasta el mar del Norte, desde Gibraltar hasta el rincón más remoto de Asia Menor. La paz romana se había impuesto en todo el mundo desarrollado y sus regiones más distantes estaban comunicadas por quince mil kilómetros de accidentadas pero fiables carreteras. Las vías romanas, una obra maestra de ingeniería, dotadas de una infraestructura de piedra y pavimento, eran resistentes al paso del tiempo y estaban destinadas a continuar en uso dos mil años después.

Sin embargo, el poder que simbolizaban las calzadas —el influjo de Roma sobre cincuenta millones de seres humanos— estaba en peligro. El ataque de las masas de extranjeros germanos no tenía precedentes, y la campaña del norte pendía de un hilo. Las víboras que acechaban en el seno del imperio —los complots, las traiciones y la corrupción interna— rezumaban veneno desde el corazón del mismo. Las vías eran inexpugnables, pero el poder que representaban estaba amenazado.

Aquel día, la calzada que conducía a la región interior del Rin-Danubio, enzarzada en constantes batallas, presentaba un aspecto de imponente majestad y de futuro.

O eso creía el joven y ambicioso heredero quien, envuelto en suntuosas pieles y consumido por la impaciencia, ocupaba el primer carro blindado de la caravana imperial. Lucio Aurelio Cómodo, un hombre de veintiocho años, apuesto, atlético, adiestrado en las artes marciales, se hallaba a dos semanas en carro de Roma, cerca del frente. Lo acompañaba su elegante hermana mayor, Ana Lucila. Ambos viajaban por orden imperial.

—¿Crees que se está muriendo? —preguntó Cómodo. Al hablar su aliento se condensaba y formaba una nubecita helada en el gélido ambiente.

—Hace años que se está muriendo —respondió Lucila. Era una mujer hermosa de aire aristocrático, ataviada con lujosas pieles y sedas, con un aspecto tan imponente como el de su hermano.

—Creo que esta vez es cierto —dijo Cómodo, dispersando con la mano la nube de vaho que había brotado de su boca—. Cada noche tienen que practicarle una sangría.

—¿Cómo lo sabes? —inquirió Lucila, sujetándose para defenderse de las sacudidas que daba el carruaje al circular por la calzada.

Cómodo contempló el bosque que desfilaba ante ellos y a unos auxiliares heridos, soldados romanos suplementarios, que avanzaban en fila por el borde de la carretera.

—Eso me han comunicado —contestó.

Lucila enarcó una ceja.

—Si no estuviese agonizando —prosiguió Cómodo—, no nos habría mandando llamar.

—Quizá nos eche de menos —repuso su hermana, permitiéndose una sonrisa.

—Y a los senadores —añadió Cómodo, indicando con la cabeza en un gesto de enojo los carros que los seguían— tampoco los habría mandado llamar a menos que...

—Paz, Cómodo —lo cortó Lucila—. Después de dos semanas de viaje, tus incesantes maquinaciones me producen dolor de cabeza.

El apuesto joven fijó la mirada en la lejana campiña, imaginando unos tiempos gloriosos en el horizonte.

—No —contestó, acercándose para sentarse junto a su hermana—. Él ya ha tomado su decisión. Va a anunciarla. —Cómodo se reclinó hacia atrás, como si contemplara ante sí un mundo paradisíaco—. Me nombrará a mí.

Lucila lo miró con expresión divertida, fijándose en la sonrisa que mostraba el rostro eufórico de su hermano y la emoción que denotaba su voz.

—Lo primero que haré —dijo Cómodo— será agasajarlo con unos juegos dignos de su majestad.

—Pues lo primero que haré yo —comentó Lucila bostezando— será tomar un baño caliente.

El carro se detuvo. En el exterior se oyeron voces. Cómodo salió a la plataforma posterior y miró al guardia montado que lo acompañaba, un oficial de caballería de las cohortes pretorianas, la afamada y poderosa guardia civil de Roma.

Detrás del pretoriano una cuadrilla de peones camineros reparaba la vía romana. El ingeniero colonial al mando de la cuadrilla contempló pasmado al insigne personaje que había aparecido sobre la plataforma trasera del carro. Avanzó un paso para verlo más de cerca.

—Casi hemos llegado, señor —dijo el pretoriano que iba a caballo.

Cómodo se volvió hacia el ingeniero colonial.

—¿Dónde está el emperador? —le preguntó.

El ingeniero observó boquiabierto el atuendo imperial que lucía Cómodo, estupefacto al comprobar el rango del personaje que se había dirigido a él. Hincó una rodilla en el suelo en un gesto de respeto.

—En el frente, señor —respondió.

—¿Han ganado la batalla? —inquirió Cómodo.

—Lo ignoro, señor —dijo el ingeniero—. Partieron hace diecinueve días. Todavía llegan heridos.

Cómodo se quitó la capa de piel.

—¡Mi caballo! —gritó al pretoriano—. Condúceme ante mi padre.

Debajo de las pieles Cómodo llevaba una hermosa y reluciente *lorica segmentata*, la tradicional armadura de hierro forjado de las legiones. Ofrecía una noble figura, elegante e impaciente, tan magnífica como el corcel que le acercó su guardia personal.

—Lleva a mi hermana al campamento —ordenó Cómodo a otro pretoriano. Se volvió hacia Lucila cuando ésta salió a la plataforma posterior del carro—. Un beso —añadió esbozando una sonrisa infantil.

Ella le besó las yemas de los dedos, ligeramente, a modo de despedida. Cómodo dio media vuelta y saltó sobre su caballo. Acto seguido se alejó al galope, seguido por su escolta, que espoleaba a su montura para no quedarse rezagado.

Lucila observó abstraída a su hermano mientras se alejaba. Luego miró a los peones camineros que continuaban postrados.

—Por fin hemos alcanzado la civilización —dijo con sequedad para sí—. Que los dioses nos amparen.

4

Los pronunciados huesos de su rostro se traslucían bajo los rasgos fatigados propios de su avanzada edad, unas líneas definidas que indicaban una fortaleza de carácter que no había mermado con el tiempo.

Marco Aurelio, emperador de Roma, estaba sentado sobre su caballo con la espalda erguida, como todo buen militar, cubierto con una capa púrpura y dorada como correspondía a su rango, observando a las tropas que formaban en filas más abajo. Tenía el rostro tostado tras una vida de exposición al sol y al viento; su larga cabellera y su barba recortada habían raleado y encanecido, pero conservaban un aire majestuoso. Sólo sus ojos revelaban que estaba enfermo. Un observador atento habría notado que debajo de la capa púrpura imperial el emperador estaba sujeto a su montura por medio de unas gruesas tiras de cuero aseguradas a un artilugio de metal que asomaba por la parte posterior de la silla.

Pese a su delicada salud, no convenía tomárselo a la ligera. La lista de hombres que lo habían hecho y habían acabado languideciendo en el exilio o en sus tumbas era pavorosamente larga. Marco Aurelio sabía cómo conquistar el poder, cómo conservarlo y cómo utilizarlo. Era el rey filósofo, acaso el único en la historia del mundo occidental.

Aunque Marco Aurelio se inclinaba más a reflexionar y escribir sobre la naturaleza y las debilidades de la naturaleza humana, el destino lo había elegido para gobernar la potencia política más notable que existiera en el mundo, y, paradójicamente, pasar buena parte de su reinado en guerra. Había asumido el mando de un imperio expandido al máximo por Trajano, el emperador que lo precedió, y había engrandecido su poder. Había fortificado sus quince mil kilómetros de frontera, había repelido a sus enemigos y había creado un estado interno administrado con un notable grado de estabilidad, honestidad y humanidad. No obstante, Marco Aurelio se aproximaba al fin de sus días y estaba decidido a cumplir su última labor: legar su gran responsabilidad y sus obligaciones a quien empuñaría después que él el cetro imperial.

Marco estaba impaciente por pelear contra el enemigo. Al oír el sonido de las trompetas sintió que la vieja savia comenzaba a correr de nuevo por sus venas. Pero sabía que le quedaba poco tiempo para seguir guerreando. Los alamanes y los marcomanos habían reunido una pavorosa fuerza con el fin de asestar un último y definitivo golpe. Si las legiones de Marco lograban vencer esa batalla y aplastar a los germanos, la paz reinaría durante muchos años en aquel último y conflictivo frente. Y entonces el emperador podría, con la conciencia tranquila, acometer su última y más importante tarea: consolidar su amado Imperio romano nombrando a un sucesor.

El emperador había preparado a sus legionarios para que no desfallecieran en esta batalla, tras celebrar el rito de obediencia a los dioses marciales tal como exigía la tradición.

Todo el ejército, cada mozo y conductor de carro, cada pelotón de soldados de a pie y de caballería, cada centurión, cada cohorte, se había congregado en torno al altar erigido en el campamento. Los distinguidos *aquiliferi* de las legiones y los *signiferi* de las centurias, de menor rango que los primeros, agruparon sus insignias junto al altar para que todos los soldados las viesen. Las trompetas tocaron el saludo imperial cuando Marco Aurelio apareció en medio de sus hombres y dio comienzo al sacrificio dedicado a Júpiter, el principal dios romano. Aunque en su fuero interno Marco no creía en esas patrañas —las batallas se ganaban gracias a la superioridad de los hombres, las armas y la estrategia, no a la intercesión divina—, los soldados necesitaban creer en ellas. Así pues, el emperador —dada su condición de *Pontifex Maximus*, sumo sacerdote— no escatimaba fervor a la hora de cumplir con ese rito.

Tras entonar un texto antiguo y solemne que invocaba la complicidad de Júpiter y de todos los dioses, el emperador roció aceite y perfume sobre el fuego sagrado. Los sacerdotes sacrificaron a un buey blanco con un hacha de guerra, lo abrieron en canal e inspeccionaron sus órganos y entrañas. Al comprobar que el hígado, el corazón y los intestinos del animal guardaban la debida relación entre sí y presentaban una disposición correcta en el interior del buey, Marco anunció que éste ordenaba a los dioses que fueran aquel día propicios a los romanos. Un sonoro clamor acogió sus palabras, alzándose sobre el ruido ensordecedor de las armaduras y los pies de los soldados al golpear el suelo.

—¡Recordad que para un romano siempre es preferible una muerte honorable a una vida de vergüenza! —gritó Marco a la concurrencia—. ¿Estáis preparados para luchar?

El emperador formuló esta pregunta tres veces a sus hombres, y tres veces éstos respondieron:

—¡Estamos preparados para luchar!

Las trompetas dieron tres toques, y luego otros tres. Los legionarios respondieron con el fragor de sus armaduras, gritos de guerra y aclamaciones. La muchedumbre se disolvió y los soldados regresaron junto a sus estandartes, gritando e infundiéndose ánimos unos a otros.

Montado en su caballo, escuchando las voces y los gritos de guerra que sonaban a sus pies, Marco Aurelio aguardó. A sus espaldas, sus ayudantes de campo aguardaban también, removiéndose sobre sus monturas. Juntos contemplaron el espectáculo que ofrecía el ejército más poderoso concebido por el hombre, ansioso por entrar en batalla.

5

A horcajadas sobre su caballo, rodeado por su regimiento de caballería, Máximo observaba a sus fuerzas desde lo alto de una colina. Su corcel exhalaba unas nubes de vaho por las fosas nasales. Soplaba un aire helado. La fría luz del sol arrancaba reflejos a la armadura segmentada y las espadas de los legionarios. Todo el ejército, dispuesto en tensa formación ante él, miraba a su comandante, esperando una señal; todos dirigían con frecuencia la vista hacia el lejano bosque donde se distinguía un millar de hombres cubiertos con burdas pieles de animales, la avanzadilla de una incalculable multitud.

A la derecha de Máximo aguardaba un arquero montado. Junto al arquero, un soldado de infantería sostenía una antorcha de paja y brea.

El capitán general verificó por última vez las posiciones de sus hombres: en primera línea aparecían, en cuclillas, tres nutridos contingentes de *numeri*: miles de individuos no romanos, reclutas de infantería medio salvajes que portaban sus propias y primitivas armas; estaban flanqueados por dos regimientos de una caballería tribal de características similares, cada hombre armado con una espada y tres lanzas.

Detrás de ellos había ocho cohortes de auxiliares, reclutas de las provincias fronterizas dotados de un talento especial como arqueros y honderos, tan diestros a caballo como a la hora de blandir sus largas y terroríficas espadas.

A sus espaldas, formando un inmenso arco y destinados a asestar el golpe de gracia, había tres legiones romanas, una junto a otra; la cuarta legión se hallaba situada en el flanco izquierdo, aguardando la orden de entrar en acción. Formaban la tropa de elite: unos hombres soberbiamente adiestrados, disciplinados, provistos de recias armaduras y escudos, temidos por la implacable eficacia con que manejaban la espada de doble filo.

Los bárbaros, ataviados con prendas oscuras y apostados entre los árboles el otro lado del yermo, comenzaron a avanzar. Era una fuerza compuesta por millares de hombres con el pelo largo y encrespado, cubiertos con unas pieles de animales que constituían su vestimenta de guerra. Blandiendo sus armas y al grito de *«Barritus! Barritus! Barritus!»*, se lanzaron contra los romanos.

Sin bajar de su montura, Máximo se agachó y agarró un puñado de tierra. Se enderezó y frotó la tierra entre sus manos como si se tratara de una ceremonia solemne. Era un rito, un último gesto antes de la batalla que todos los soldados que combatían a sus órdenes conocían. Lo hacía automáticamente, sin apartar la vista de la creciente horda bárbara.

Sus hombres observaron el gesto de Máximo, y un murmullo recorrió las filas de los romanos. Hasta el más humilde soldado de infantería reconocía esa señal por haberla visto en numerosas ocasiones. Había llegado el momento de entrar en combate. Los soldados, con la boca reseca y el pulso acelerado, pronunciaron unos últimos y desesperados ruegos a sus dioses al tiempo que golpeaban los escudos con las espadas, provocando un ruido ensordecedor, atentos al primer acto de la batalla.

Máximo hizo una señal con la cabeza al arquero montado que estaba situado a su derecha. El arquero arrojó una flecha con la punta envuelta en un trapo empapado en pez, y el soldado de infantería que sostenía la antorcha la encendió. El arquero tensó su poderoso arco hasta el límite y disparó. Toda la caballería alzó la vista para observar la trayectoria de la flecha encendida mientras silbaba a través de los aires.

A la izquierda, en el puesto de mando situado cerca del promontorio donde se hallaba el emperador, Quinto sintió que se le formaba un nudo en el estómago al contemplar la flecha en llamas que ascendía hacia el cielo. Quinto se volvió hacia las filas de arqueros y escorpiones, y la batería de potentes ballestas situadas a su derecha.

—¡Ahora! —gritó Quinto. En su voz resonaba la incomprensible alegría del militar que se dispone a entrar en combate.

Los soldados que estaban al cuidado de las pesadas catapultas, cargadas y tensadas hacia atrás sobre unos resortes de cuerdas, las soltaron. Un centenar de bulbosas vasijas de barro se elevaron hacia los árboles. Quinto contó los segundos mientras volaban por el aire.

—... Dos... tres... cuatro... ¡Ahora! —gritó.

Sesenta escorpiones descargaron un enjambre de flechas que trazaron el mismo arco que las ollas de arcilla, dirigidas hacia el mismo objetivo.

—¡Arqueros, fuego! —gritó Quinto.

Cientos de arqueros dispararon sus mortíferas flechas de brea y paja encendidas. Una siniestra línea de fuego rasgó el firmamento.

Máximo y sus soldados de caballería observaron las bombas fabricadas con vasijas de barro volar en dirección al bosque.

Quinto y sus hombres, tensos y silenciosos, siguieron con la mirada la trayectoria de los proyectiles.

El sibilante aluvión de flechas lanzadas por las catapultas hendió el aire describiendo una curva suave que cortó el arco formado por las ollas de barro que se dirigían hacia los árboles. Las flechas destrozaron las vasijas, ocasionando una lluvia de brea ardiente. La oleada de flechas encendidas atravesó las cortinas de brea, mientras unas violentas explosiones iluminaban el cielo. Sobre los árboles, debajo de los cuales se refugiaba el ejército bárbaro, cayó una lluvia de aceite ardiendo como azufre enviado por Hades.

Los romanos aguardaban, aguzando el oído...

Entonces comenzaron los gritos.

Del feroz infierno en que se había convertido el bosque salieron centenares de germanos chillando y tratando desesperadamente de librarse del fuego líquido que les devoraba la piel y el cabello. Tropezaban y caían al suelo, rodando sobre el barro mientras gritaban, presas de un intenso dolor.

De pronto surgió de entre los árboles una muchedumbre de guerreros cubiertos con pieles de animales, quienes pasaron por encima de la avanzadilla de su ejército que había quedado inmovilizada y se abalanzaron hacia los romanos, esgrimiendo sus lanzas y hachas y gritando como posesos.

Se había desatado el primer y feroz ataque de la última y desesperada batalla.

Quinto alzó su espada e indicó a sus hombres que avanzaran al grito de «¡Roma eterna!».

Los soldados respondieron «¡Roma invencible!» y empezaron a moverse.

La avanzadilla de soldados romanos sin graduación marchó hacia el bosque para repeler el ataque. De la espesura salía un incesante río de hombres vociferantes que se precipitaba sobre los romanos como una gigantesca ola a punto de romper en la playa. Apenas aminoraron el paso al topar con la avanzadilla romana: se abrieron paso a través de ella a golpe de espada y continuaron adelante.

A otra señal de Quinto, sonó un nuevo toque de trompeta.

Los arqueros sirios y los honderos dispararon sus proyectiles, que causaron numerosas bajas en la vanguardia enemiga. Una oleada aún más numerosa de bárbaros reemplazó a los guerreros caídos y rodeó a una fila de soldados de infantería romanos que se extendía en ambas direcciones. Los disciplinados soldados romanos de a pie, armados con jabalinas, con el brazo derecho tendido hacia atrás, permanecieron inmóviles.

Los bárbaros, dando alaridos, avanzaban a gran velocidad: cien metros... setenta metros... cuarenta... treinta...

Sonó otro toque de trompeta.

Los soldados extendieron los brazos hacia delante. Al mismo tiempo, los escorpiones de las tres legiones desplegadas, que se habían rearmado, desencadenaron una tempestad de proyectiles de hierro. Dos mil jabalinas y cinco mil flechas de hierro surcaron el cielo, casi ocultándolo durante unos segundos. Los bárbaros germanos cayeron unos sobre otros a lo largo de la fila; los cadáveres se apilaron con rapidez, provocando confusión y al fin una interrupción en su feroz ataque.

Pero fue una interrupción momentánea. Sorprendentemente, otra ola de bárbaros más numerosa que la anterior salió del bosque y tras sortear los cadáveres de sus compañeros arremetió contra los romanos; el ataque enemigo parecía interminable.

Máximo, sentado erecto sobre su silla de montar, contempló la masa de hombres que manaba del bosque como una riada. Tuvo la impresión de que toda Germania Libre estaba pasando por ese estrecho punto en el Danubio, tratando de irrumpir a través de los campos elíseos del Imperio romano.

Había llegado el momento de que el Regimiento Félix entrara en acción. Los caballos se revolvían inquietos, olfateando el peligro.

—¡Quieto! —ordenó Máximo a su montura, tirando de las riendas con energía.

Luego desenfundó su espada.

—¡Soldados! ¡Hermanos! —gritó—. ¿Estáis dispuestos?

—¡Sí! —respondieron sus soldados de caballería, situados en una hilera, hombro con hombro.

—¡Mantened la formación! ¡Seguidme! —gritó Máximo refrenando a su caballo—. ¡Si de pronto os encontráis solos, cabalgando a través de verdes praderas con el rostro iluminado por el sol, significa que os encontráis en el Elíseo, que estáis muertos!

Sus veteranos prorrumpieron en carcajadas, satisfechos de que su capitán hubiera tomado por fin la decisión. La larga y angustiosa espera había terminado; había llegado el momento de pasar a la acción.

—Y los demás no tardaremos en reunirnos con vosotros —gritó Máximo intentando hacerse oír sobre las carcajadas de sus hombres.

Alzó su espada, experimentando una intensa euforia ante el inminente ataque contra el enemigo. Ofrecía un aspecto joven, libre y alegre: el de un guerrero puro.

—¡Dentro de tres semanas, estaré en mis viñedos! —exclamó—. ¡Imaginad dónde estaréis vosotros! Y así será. ¡Lo que hagamos ahora determinará el futuro!

Máximo clavó las espuelas en los flancos de su caballo y se lanzó a galope, encabezando el ataque. Los soldados del Regimiento Félix, al grito de «¡Marte el vengador!», aguijonearon a sus monturas y siguieron a su capitán.

Los romanos se precipitaron a galope tendido sobre el flanco izquierdo de los refuerzos germanos, en una hábil y eficaz maniobra.

«¡Matad!», gritaban al tiempo que traspasaban con sus lanzas y herían con sus largas espadas a los soldados de infantería bárbaros. Partieron el avance germano por la mitad, frenándolo, obligando al enemigo a retroceder despacio hacia el bosque, castigándolo, persiguiéndolo de forma implacable sobre el enlodado terreno. Máximo, atrapado entre dos germanos, hizo girar a su montura y descargó con su espada un golpe tan contundente que abrió a ambos en canal y casi derribó su caballo. Avanzó a galope y atravesó con su espada a un guerrero cuado que se disponía a abatir a uno de sus hombres. Acto seguido hundió su daga con la mano izquierda en el cuello de otro cuado.

Los germanos, atrapados en el centro de la vorágine, luchaban a vida o muerte, produciendo numerosas bajas. Un joven centurión situado a la cabeza de una unidad de soldados de infantería auxiliares, que estaban rodeados, salvó a sus hombres de una muerte cruenta precipitándose sobre un grupo de bárbaros al grito de «¡Júpiter! ¡Júpiter!» e hiriendo a un bárbaro tras otro. Envalentonados por esas muestras de coraje, sus hombres repelieron el ataque y ganaron terreno. Pero el cabecilla de los enemigos alzó su gigantesca espada de hierro y asestó un golpe al centurión que casi lo partió en dos. Los auxiliares más jóvenes comenzaron a retroceder, aterrorizados y rompiendo la formación. La pelea degeneró en una frenética y salvaje carnicería sobre el barro.

La primera legión, situada a la derecha, detrás de un contingente de auxiliares y una barrera protectora de arqueros, se colocó en posición de combate. Cinco mil hombres, pertrechados tras sus inmensos escudos curvados orlados de bronce, avanzaron sin toques de trompetas, con frialdad, implacables, temibles, empuñando sus espadas.

Máximo y el Regimiento Félix, que ocupaban el

flanco izquierdo posterior, irrumpieron a través de los árboles incendiados a galope tendido entonando el grito de guerra y lanzándose contra el centro germano al tiempo que describían unos círculos en el aire con sus espadas. Los germanos se volvieron aterrorizados, atrapados entre dos frentes mortales. Los soldados de caballería de Máximo se precipitaron sobre ellos abatiéndolos ferozmente con sus espadas.

En el fragor de la batalla, Máximo blandió su espada desde la ventajosa posición que le otorgaba su estatura y abatió a enemigos a diestro y siniestro. Había caído casi una docena de germanos cuando una lanza atravesó el cuello del caballo de Máximo. El animal cayó muerto al suelo. El comandante salió proyectado sobre la cabeza de su montura y aterrizó en el asolado campo de batalla.

Tras rodar por tierra se levantó rápidamente y continuó luchando. Las flechas encendidas pasaban silbando sobre las cabezas de los guerreros y un pote de arcilla incendiado estalló sobre la posición central del enemigo. Las llamas que caían de lo alto destacaban la silueta de los combatientes que peleaban en medio de aquel infierno.

Máximo corría de un lado al otro del campo de batalla con rapidez y agilidad, exhortando a sus hombres, luchando, esquivando las mortíferas hachas y afiladas espadas de los bárbaros mediante el trámite de herir el enemigo antes de que éste le hiriera a él.

Máximo arremetió contra la furiosa horda de los germanos, abriéndose paso a golpes de su contundente espada hasta alcanzar a un abanderado que avanzaba trastabillando con un fragmento de lanza clavado en la espalda, pero sosteniendo el estandarte en alto. Máximo arrastró al abanderado agonizante hasta los pies de un médico, clavó el palo del estandarte en la embarrada cima de una colina y gritó a la unidad que no dejaran que el estandarte —su genio— cayera en manos del enemigo. Al ver la bandera los auxiliares se abrieron paso hacia ella a golpe de espada. Se formaron bajo el águila y siguieron a su capitán, defendiendo con furia su posición. Pues si ellos caían, el poder de Roma quizá caería también en aquel remoto y ensangrentado rincón del imperio.

6

Un aura especial rodeaba al capitán de los ejércitos del norte cuando luchaba; todos los soldados, tanto aliados como enemigos, la percibían. Era una máquina de guerra espléndidamente engrasada. Peleaba con habilidad, sin desperdiciar un ápice de energía, dosificando sus movimientos, ahorrando aliento y buscando los puntos débiles del enemigo. Veía aberturas, ángulos y trayectorias que otros no advertían y descargaba su contundente y mortífero golpe antes de que el enemigo tuviera tiempo de desenfundar su arma.

Pero lo más importante era la aplastante seguridad que tenía en sí mismo, el convencimiento de que era capaz de derrotar a cualquier enemigo de Roma por adversas que fueran las circunstancias.

En el flanco derecho, los legionarios avanzaban blandiendo su terrorífica espada corta de doble filo, el *gladius*. En una formación disciplinada, separados entre sí por un metro de distancia, marcharon tranquilos e implacables sobre los feroces bárbaros, defendiéndose con su escudo curvo y armadura de cuero reforzada, asestando con agresividad y precisión un golpe tras otro sobre la carne del enemigo. Los guerreros bárbaros, que no llevaban casco ni armadura, enfrentados a esta fuerza inexorable —respaldada por unas tropas de refuerzo que llegaban por ambos flancos—, comenzaron a desfallecer, a desperdigarse, a desplomarse, habiéndose evaporado su afán de lucha.

Por fin, y no sin haber sufrido graves bajas, el ejército romano hizo recular a su fiero enemigo. Superior en materia de preparación, disciplina, armamento y liderazgo, el Ejército del Danubio había logrado aplastar a la potente fuerza germana, transformando su irrefrenable sed de sangre en un desesperado agotamiento.

Presintiendo que se había producido un giro a favor de sus fuerzas, Máximo retrocedió para organizar mejor a sus tropas. Tras sortear el caos, indicó a sus hombres dónde debían agruparse, adónde tenían que replegarse para ayudar a los auxiliares en los tenaces enfrentamientos cuerpo a cuerpo. Dirigió pequeñas cargas de caballería, alineando a sus jinetes rodilla contra rodilla y enviándolos en reducidos grupos a atacar a los germanos que trataban en vano de oponer resistencia.

Cuando los cabecillas de los marcomanos y alamanes cayeron, sus leales hombres continuaron luchando hasta la muerte junto a sus líderes. Máximo y sus soldados tomaron nota de ese gesto de valor, pero no por ello detuvieron sus espadas. Haciendo gala del adiestramiento que habían recibido, dieron muerte con pericia a todo enemigo que permanecía en pie, incluso los que habían caído y aún conservaban un hálito de vida.

Al comprobar que el muro de legionarios seguía avanzando, matando a toda persona que se cruzara en su camino, los bárbaros no tardaron en desmoralizarse. Un grupo de roxolanos se dispersó y salió corriendo, seguido por algunos marcomanos, a quienes no tardaron en sumarse los catos, los longobardos y los alamanes, que huyeron al ver a sus compañeros emprender la retirada. El campo de batalla se convirtió en una riada de hombres que habían optado por salvar la vida, ansiosos de escapar de aquella siniestra matanza.

Máximo se paseó entre los cadáveres y los moribundos. Sintiendo que el afán de lucha comenzaba a disiparse, dando paso a la intensa sensación de agotamiento que sobreviene después de un combate sangriento, sorteó los cuerpos diseminados por el campo de batalla dejando que el brazo que sostenía la espada pendiera inerte.

De entre la multitud de cadáveres que yacían en el terreno empapado en sangre se alzó un germano con expresión enloquecida.

Malherido, sabiéndose a las puertas de la muerte, vio la oportunidad de llevarse al jefe de los enemigos al más allá. Blandiendo su espada, el germano se arrojó sobre Máximo en un momento en que éste se hallaba de espaldas, llamando a uno de sus oficiales al orden.

Al observar la expresión de terror en el rostro del oficial, y sin perder un segundo en calcular el peligro, Máximo alzó la espada y decapitó a su agresor de un solo golpe. La fuerza casi sobrehumana que Máximo imprimió al movimiento fue tal que el acero, tras cortar el cuello del germano, se clavó en el tronco de un pino calcinado.

Apoyándose en el árbol, agotado, Máximo no tuvo siquiera fuerzas para arrancar la espada del árbol.

Marco Aurelio, sujeto a su montura en la cima de la pequeña colina de mando, flanqueado por dos cohortes de guardias pretorianos, contempló la caótica refriega resolverse poco a poco en una victoria romana.

Había sido un espectáculo sangriento, y aunque por lo general el resultado de las batallas era favorable a los romanos, en ocasiones no ocurría así. Durante el reinado del emperador Augusto, la tribu germana de los queruscos había propinado a los romanos una derrota histórica, aniquilando tres legiones enteras en una emboscada en un pantano del bosque de Teutoburgo. Un Augusto humillado y atormentado padeció sudores nocturnos debido a ellos hasta el día de su muerte. Durante las dos décadas del reinado de Marco Aurelio, sus legiones habían sufrido sólo dos grandes derrotas: una a manos de los marcomanos y los cuados, y la otra infligida por los costobocos de los Cárpatos. Éstos habían invadido el Bajo Danubio, habían penetrado en Grecia y habían saqueado Eleusis. No obstante, los ejércitos de Marco Aurelio compartían un rasgo característico con todas las legiones romanas: jamás se rendían. Tras reorganizarse peleaban de nuevo una y otra vez. Al fin lograban derrotar a los intrusos y obligarlos a regresar a sus tierras.

Marco Aurelio confiaba en que transcurrirían muchos días, estaciones y años antes de que las legiones romanas tuvieran que combatir de nuevo. El campo de batalla estaba sembrado de cadáveres enemigos; sus desgarradas pieles y túnicas estaban empapadas en una sangre negra e inmunda. ¿Habían causado los romanos hoy suficientes bajas para convencer a las tribus guerreras de que debían firmar unos tratados de paz y respetar las fronteras romanas? ¿O sería ésta una paz ficticia que se mantendría hasta que la hambruna, una plaga o un cabecilla tribal enajenado los condujera de nuevo a través de la frontera con el fin de atacar pacíficas granjas y poblaciones?

Marco Aurelio rezó para que eso no sucediera antes de su muerte. Estaba convencido de que, dada su precaria salud, no viviría para presenciar otra campaña bélica. Se alegraba de ello.

El emperador se volvió e indicó a sus ayudantes de campo que deseaba alejarse de allí.

Máximo contempló su espada clavada en el tronco del pino. Estaba cubierto de barro y sangre, sudoroso, tratando de recuperar el resuello. Su acelerado ritmo cardíaco empezó a normalizarse. Los gritos y el fragor de la batalla comenzaban a remitir, sustituidos por los gemidos entrecortados y los súbitos chillidos de angustia que emitían los heridos y los moribundos. El aire estaba impregnado de un olor a brea ardiente, junto con el hedor de carne descompuesta y sangre derramada.

Un rechoncho petirrojo se posó con descaro en la empuñadura de la espada de Máximo. ¿Era posible que se tratara del mismo pájaro que él había visto antes de que estallara la contienda? Máximo lo observó y sacudió la cabeza. Luego acercó la mano con cautela. Espantado, el petirrojo levantó el vuelo. Máximo arrancó la espada del árbol.

Dio la vuelta y contempló la pradera que se extendía junto al bosque, convertida ahora en un siniestro panorama surgido de las entrañas del Hades.

Los médicos romanos llegaron acompañados por unos equipos sanitarios para vendar y trasladar a los heridos graves. La infantería auxiliar exploró las hondonadas y los salientes, pinchando los cuerpos que yacían en el suelo con sus espadas y lanzas para comprobar si quedaba algún enemigo vivo. Se ejecutaba en el acto a cualquiera que se moviese.

Los soldados romanos que habían sufrido heridas graves no cesaban de lamentarse ni de pedir agua y asistencia médica. Sus compañeros tardarían tres días en sepultar a todos los muertos. Máximo regresó al puesto de mando cruzando el macabro campo de batalla, procurando sortear los cadáveres. Con frecuencia se detenía para agarrar el brazo de un camarada herido y ofrecerle unas palabras de consuelo, aliento y gratitud. A continuación ordenó a los médicos que atendieran a todos los soldados heridos.

Máximo llegó a la pequeña colina donde los ordenanzas y auxiliares agrupaban a los soldados romanos que habían muerto, preparando los cadáveres para enterrarlos en las fosas que excavaban los ingenieros. Mientras los subalternos transportaban más cadáveres a la ladera y los depositaban en el suelo junto a los otros, Máximo se arrodilló y contempló el resultado de aquella carnicería humana.

—Que las flores nunca se marchiten —dijo para sí—. Que el sol caliente siempre vuestra espalda. Pero, lo que es más importante, que todos los amados muertos regresen a vosotros, como vosotros regresáis a ellos. Abrazadlos. Por fin habéis llegado al hogar.

Cuando terminó su oración, Máximo reparó en que los ordenanzas y los soldados se habían arrodillado en actitud de respeto, mirando hacia un punto situado detrás de él.

—Has demostrado de nuevo tu valor, Máximo —dijo una voz—. Esperemos que por última vez.

Al volverse Máximo vio al emperador junto a él.

—No queda nadie contra quien luchar, señor —respondió Máximo levantándose y haciendo una breve reverencia.

—Siempre habrá personas contra quien luchar, Máximo —replicó Marco Aurelio—, para aumentar la gloria del imperio.

Máximo contempló el campo sembrado de cadáveres mutilados y ensangrentados y meneó la cabeza.

—La gloria es de ellos, césar —dijo.

—¿Cómo debo entonces recompensar al general más brillante de Roma? —inquirió Marco Aurelio.

—Deja que regrese a casa —contestó Máximo sin vacilar.

—A casa... —repitió Marco Aurelio. Alzó un brazo para indicar a Máximo que deseaba que lo sostuviera.

Máximo se acercó de inmediato al emperador y lo tomó del brazo. Juntos echaron a andar a través del campo de batalla, escuchando los gritos de dolor que sonaban por doquier. El séquito imperial compuesto por pretorianos y otros subalternos los siguieron a poca distancia, dispuestos a proteger la vida del césar con la suya en caso necesario.

Todas las miradas se fijaron en la capa púrpura, el cabello cano y los rasgos aristocráticos del anciano emperador. Advirtieron lo penosos y lentos que eran sus movimientos y la mayoría de los soldados intuyó que estaba viéndolo por última vez. Tampoco era probable que volvieran a servir a un emperador de su talla, en un reino famoso por entronizar a imbéciles y degenerados.

Marco Aurelio y su victorioso general avanzaban por un camino junto al que se alzaba una ladera sobre la que yacía un gran número de soldados extenuados y heridos. Al distinguir a los dos personajes, todos los guerreros se levantaron, se postraron a sus pies y alzaron sus espadas en gesto silencioso de homenaje.

—Te rinden honores, césar —comentó Máximo con una leve inclinación de la cabeza.

—Creo que es a ti a quien rinden honores, Máximo —repuso el emperador.

Máximo observó la multitud de valerosos soldados. Cuando levantó su espada para saludarlos los hombres prorrumpieron en aclamaciones.

En aquel instante Cómodo, el príncipe heredero, ataviado con una imponente, lustrosa e impoluta armadura segmentada, apareció galopando sobre su espléndido corcel, seguido por su vistosa escolta de guardias pretorianos.

Cómodo presenció y oyó el sentido homenaje

que las tropas dedicaban a Máximo y sintió una punzada de envidia. ¿Qué había hecho ese hispano para despertar tal devoción en unos legionarios romanos que debían lealtad absoluta al emperador y a la familia del mismo?

Apartó ese pensamiento de su mente y adoptó una expresión cordial cuando se dirigió al trote hacia Marco Aurelio y Máximo.

—¿Me la he perdido? —preguntó, saltando de la silla—. ¿Me he perdido la batalla?

—Te has perdido la guerra —contestó Marco Aurelio con brusquedad—. Ya nada nos queda por hacer aquí.

Cómodo abrazó a su padre, no sin cierta torpeza.

—Enhorabuena, padre —dijo—. Sacrificaré un centenar de toros en honor de tu triunfo.

—Deja que los toros vivan y felicita a Máximo —replicó Marco Aurelio—. Él ha ganado la batalla.

—General —dijo Cómodo, volviéndose—, Roma te presenta sus respetos, y yo te abrazo como a un hermano. —El príncipe abrió los brazos y estrechó a Máximo contra su pecho con más torpeza que a su padre—. Hace mucho que no nos veíamos, viejo amigo. ¿Cuánto hace? ¿Diez años?

—Alteza —saludó Máximo.

—Tus hispanos parecen invencibles —observó el joven príncipe—. Confío en que los dioses sean propicios al Regimiento Félix ahora y siempre. —Se volvió hacia Marco Aurelio y añadió—: Toma mi brazo, padre.

Marco Aurelio apoyó la mano por unos instantes en el brazo de su hijo.

—Debo dejarte —le dijo después, con una sonrisa afable.

Cómodo indicó que trajeran el caballo de su padre. Un mozo corrió en busca de la montura y varios guardias pretorianos ayudaron al anciano a acomodarse en la silla. Todos lo atendieron solícitos, ajustando las espuelas y el manto púrpura del viejo emperador hasta que éste alzó la mano para que se detuvieran.

Miró a Máximo, que se acercó a toda prisa y le ciñó los tirantes que lo sujetaban a la montura.

—Ahí tenéis la gloria de Roma —comentó Marco Aurelio sonriendo. Sin despedirse de su hijo, hizo un gesto con la cabeza y un ayudante de campo empuñó las riendas del caballo. Al cabo de unos momentos la comitiva se puso lentamente en camino.

Cómodo y Máximo observaron alejarse al emperador durante largo rato, cada uno absorto en sus pensamientos.

Máximo reflexionó con profunda simpatía sobre el anciano, consciente de la profundidad de su bondadosa naturaleza. Máximo sabía que una de las normas más importantes para el monarca era la que él mismo se repetía con frecuencia: «No dejes que el púrpura tiña todos los aspectos de tu vida.» Cuando Marco Aurelio regresaba a Roma para celebrar sus triunfos, y desfilaba por la vía Sacra con sus legionarios y los enemigos que había capturado, siempre se protegía contra la tentación de caer en la vanidad. Cuando su carro circulaba entre la enfervorizada muchedumbre que lo aclamaba como a un dios, Marco Aurelio ordenaba al sirviente situado detrás de él

—cuya tarea consistía en sostener la guirnalda de laurel sobre su cabeza— que murmurara en su oído: «No olvides que eres tan sólo un hombre.»

La vida imperial de Marco Aurelio había estado marcada por unas obligaciones tan angustiosas que, según le había confiado a Máximo, en ocasiones le habían parecido insoportables. En esta vida, esta visita fugaz a una tierra extraña, lo mínimo que debemos hacer, afirmaba el emperador, es comportarnos de forma juiciosa de cara a nosotros mismos y con honradez y responsabilidad hacia nuestros compañeros de viaje.

Máximo recordaría durante más tiempo el temperamento filosófico del buen anciano que los pormenores de las grandes campañas militares en las que éste había participado y vencido para mayor gloria de Roma.

Los pensamientos de Cómodo eran muy distintos. Estaba furioso porque el anciano no lo había estrechado contra su pecho ni le había pedido que lo acompañara para conversar con él en privado. Al cabo de unos momentos el joven príncipe montó de nuevo sobre su espléndido caballo y se alejó a galope, seguido por su escolta.

7

Bajo un cielo nocturno sin estrellas, Máximo salió de una de las tiendas de campaña que componían el hospital de una hectárea de extensión y albergaban a los miles de hombres heridos en la batalla. Le dolía saber que muchos de los soldados malheridos quedarían mutilados de por vida y muchos morirían antes del amanecer. Algunos, más afortunados, se retirarían con una buena pensión a alguna de las comunidades fronterizas pobladas por ex legionarios y no tendrían que volver a combatir.

Sin embargo, los soldados romanos eran demasiado valiosos para dejar que murieran a causa de sus heridas o una enfermedad, aseguró Máximo a sus camaradas caídos. Los oficiales médicos romanos eran excelentes profesionales y poseían extraordinarios conocimientos sobre medicinas preparadas con hierbas. Muchos de los hombres que habían recibido heridas graves, en magnífica forma gracias a su intensa instrucción, se recuperarían de sus lesiones y se reintegrarían a sus regimientos, donde seguirían siendo legionarios de pleno derecho.

Máximo se acercó a un médico que se lavaba las manos ante una hoguera con aire de cansancio. Los ordenanzas y asistentes sanitarios atendían a innumerables heridos de menor gravedad que descansaban en el suelo, extrayéndoles astillas de madera o metal o curando pequeñas heridas y cortes con ungüentos de hierbas y unos puntos. Máximo se despidió del médico con un gesto de la cabeza y se trasladó a la zona principal del enorme campamento romano, un mar de tiendas de campaña iluminadas por miles de hogueras que desprendían columnas de humo.

En la gigantesca tienda-comedor reinaba una intensa actividad, una incesante barahúnda. Estaba abarrotada de oficiales de distintos regimientos vestidos aún con sus atuendos de batalla, sucios y cubiertos de barro y sangre reseca, sus insignias de gloria. Celebraban su victoria, y el vino y la cerveza corrían como un torrente. Todos bebían a la salud de los dioses, de sus oficiales, de sus compañeros, alzando sus copas con manos vendadas, riendo y vociferando. Celebraban el dulce sabor de unas vidas rescatadas de las fauces de la muerte. Pronunciaban un brindis tras otro en honor de los que acababan de morir, deseándoles que llegaran rápida y felizmente a los campos elíseos que ellos mismos confiaban en contemplar algún día, aunque por fortuna aquel día no.

Marco Aurelio estaba sentado en una silla que servía de trono, en el centro de la sala, donde recibía a los visitantes. Dos senadores, Falco y Gayo, se inclinaron ante él. Ataviados con sus augustas e inmaculadas togas senatoriales, se sentían fuera de su elemento en aquel ambiente militar. Habían viajado desde Roma en la misma caravana que Cómodo.

—Salve, Marco Aurelio —saludó Falco inclinándose ante el viejo emperador. Era un hombre de rostro adusto, curtido por la vida urbana, con el pelo corto y unos ojos relucientes y opacos como el ónice.

—Levantaos, senadores —respondió Marco Aurelio sonriendo secamente—. Esa postura forzada no os favorece.

—Vivimos supeditados a tu gloria —dijo Gayo esbozando una cálida sonrisa. Era un joven campesino itálico de cabello corto y rizado, que conservaba un exhaustivo expediente sobre los tejemanejes de cada miembro del senado.

—Mientras conspiráis con ese hombre obeso en Roma —replicó Marco Aurelio—. ¿Cómo está ese viejo monstruo?

—El senador Graco se encuentra perfectamente —contestó Gayo.

—¿Aún me maldice a los cuatro vientos? —preguntó Marco Aurelio.

—Aguarda impaciente tu regreso triunfal a Roma, césar —aseguró Gayo.

Máximo entró en la tienda. En cuanto apareció, unos soldados se apresuraron a abrazarlo y a ofrecerle unas copas de vino. Sonriendo y tras beber un sorbo aquí y allá y saludar a todos por sus nombres, Máximo se abrió paso entre la multitud. De pronto agarró a un hombre por el cogote, un *optio*, un oficial de mediana graduación a quien había visto salvar aquel día la vida de un aquilífero, y le susurró que era firme candidato para la *corona cívica*, la guirnalda de hojas de laurel que constituía la medalla militar romana más prestigiosa, y que lo ascenderían de inmediato a centurión. Máximo dejó al hombre boquiabierto, incapaz de articular palabras de agradecimiento.

Máximo se topó con Quinto, su lugarteniente, y unos cuantos legionarios que trataban de contar sus experiencias en la batalla al mismo tiempo. Al ver a su comandante Quinto se detuvo y alzó los brazos.

—¡Pero si estás vivo! ¡Sin duda gozas del favor de los dioses! —exclamaron Quinto y Máximo a la vez.

Máximo se echó a reír, y ambos se abrazaron jubilosos. Luego Máximo siguió avanzando, seguido por Quinto y los oficiales.

Máximo divisó en el otro extremo de la sala, a través de la aglomeración de cuerpos y el bosque de cabezas, a Marco Aurelio, quien, rodeado de varios hombres, recibía a los visitantes; era con el viejo emperador con quien más deseaba Máximo compartir aquel momento.

Máximo se detuvo de nuevo cuando un grupo de soldados insistió en dedicarle un brindis.

—¿Regresas a los cuarteles, general? ¿O a Roma? —preguntó Valerio, un fornido general de infantería que llevaba las manos vendadas.

—Me voy a casa —respondió Máximo—. Me esperan mi esposa, mi hijo y la cosecha.

—¡Máximo el agricultor! —comentó Quinto con una carcajada—. Me cuesta imaginarte en ese papel.

—Es más fácil lavarse la tierra que la sangre, Quinto —replicó Máximo.

Cómodo, Gayo y Falco se acercaron a él.

—Aquí está —dijo Cómodo—. ¡El héroe de la guerra!

—Alteza —respondió Máximo. Le fastidiaban los

halagos de Cómodo. No le gustaba que le dieran coba delante de sus valiente oficiales, cuyo coraje y lealtad eran la columna vertebral de su ejército.

—Senador Gayo..., senador Falco —dijo Cómodo presentando a los senadores a Máximo—. Ojo con Gayo —advirtió a Máximo sonriendo—. Es capaz de verter una melosa poción en tu oído que te hará despertar diciendo: «¡República, república, república!»

Todos celebraron la ocurrencia, incluso Máximo, quien se rió al hacer una reverencia ante los senadores.

—¿Por qué no? —preguntó Gayo—. Roma se fundó como una república.

—Y en una república el senado es el que ejerce el poder —apostilló Cómodo—. Aunque, por supuesto, ese detalle no influye en el senador —agregó en tono de sorna.

—¿Tú qué prefieres, general? —inquirió Falco—. ¿Emperador o senado?

—Los soldados tenemos la ventaja de poder mirar al enemigo a los ojos..., senador —respondió Máximo negándose a entrar en ese juego.

Gayo arqueó una ceja y estudió a Máximo en persona, ese guerrero manchado de sangre de cuyo valor y carisma había oído hablar tanto. Ahora empezaba a formarse una impresión de primera mano del carácter enérgico y el corazón noble de ese hombre.

—Respaldado por un ejército —dijo el senador con intención—, podrías acometer una magnífica carrera política.

No se trataba de un mero comentario adulador;

Gayo era lo bastante astuto para entrever un brillante futuro para este militar, basándose en la realidad de la política romana.

Era un secreto a voces que aunque el senado poseía el poder nominal de elegir al hombre encargado de gobernar el imperio, en rigor era poco más que un trámite. El poder auténtico residía en el hombre poderoso que contara con la lealtad y el control del ejército.

«*Senatus Populusque Romanus*» o «SPQR», como aparecía bordado en los estandartes de las legiones, era el lema del gobierno original de y para el senado y el pueblo romano. La república electa había durado quinientos largos años, hasta que el asesinato de Julio César en el año 44 a. de C. había desencadenado el caos. En aquel momento, cuando hubo que escoger entre una guerra civil interminable por un lado y las calles seguras y los estómagos llenos que ofrecía César Augusto por otro, el senado se decantó por la tranquilidad interior. «Eligió» a Augusto primer emperador de Roma, y desde esa fecha había gobernado un dictador tras otro.

La perspectiva de una república senatorial seguía atrayendo poderosamente a los romanos, sobre todo cuando el emperador reinante era un loco o un imbécil. Por consiguiente, cuando las circunstancias favorecían esa posibilidad todo el mundo se ponía nervioso y empezaba a hacer apuestas.

—Te lo advertí —comentó Cómodo a Máximo, riendo—. Pero yo te salvaré.

Dicho esto agarró a Máximo del brazo y se lo llevó.

A través de un orificio en la pared de la tienda de campaña donde los oficiales comían rancho, unos ojos femeninos negros como el azabache observaban a los dos hombres alejarse del brazo, unos ojos que seguían con atención cada movimiento de Máximo.

Cómodo condujo a Máximo a un rincón apartado y habló en voz baja.

—Los tiempos cambian, general —dijo—. Necesito hombres como tú.

—¿En qué puedo servirte, alteza? —preguntó Máximo.

—Eres un hombre que sabe mandar —musitó Cómodo—. Sabes dar las órdenes precisas, que todos obedecen. Así se ganan las batallas.

Máximo guardó silencio. Miró al hijo del emperador sin pestañear.

—Ésos se dedican a conspirar, a pelearse, a lisonjear y a engañar —prosiguió Cómodo mirando a los senadores, quienes entretenían al emperador contándole divertidas historias sobre el Foro romano y la colina Palatina—. Debemos salvar a Roma de los políticos, amigo mío. —Cómodo apoyó una mano en el hombro de Máximo y continuó desgranando palabras halagüeñas como si fueran viejos amigos—. ¿Puedo contar contigo cuando llegue el momento preciso? —preguntó.

—Cuando tu padre me autorice, regresaré a Hispania, señor —contestó Máximo con firmeza. Deseaba que Cómodo interpretara esa frase en sus justos términos, no como una afrenta a la familia imperial.

—¿A tu hogar? Bueno, comprendo que estés impaciente por licenciarte —dijo Cómodo—. Nadie se lo ha ganado más a pulso que tú. —Sonrió, se inclinó hacia Máximo y murmuró—: Pero no te confíes. Es posible que yo te haga una visita dentro de poco.

Cómodo fingió poner fin a la conversación con ese comentario distendido. Luego tomó dos jarras de cerveza y ofreció una a Máximo, brindando en silencio por él.

—Lucila está aquí. No sé si lo sabías —dijo al cabo de unos instantes como de pasada, en un tono indiferente.

Cómodo miró a Máximo para calibrar su reacción y creyó percibir una expresión de gozo en los ojos del general.

—No te ha olvidado —agregó Cómodo—. Y ahora eres el gran héroe.

Convencido de que Máximo había mordido el anzuelo, el joven príncipe dio media vuelta para ir a reunirse con su padre, que en aquellos momentos abandonaba la tienda de campaña ayudado por sus esclavos personales.

—El césar se retira pronto esta noche —observó pensativo.

Al volverse Cómodo comprobó que Máximo se había marchado. En sus ojos brilló un destello de incertidumbre, irritación y cálculo. ¿A quién debía en última instancia lealtad el general? Su continuo roce con el nido de víboras de la elite romana no había inculcado en el joven príncipe una serena seguridad en sí mismo ni la confianza en la bondad de los motivos de otros. Cómodo bebió un largo trago de cerveza para calmar su incurable ansiedad.

8

Los esclavos condujeron a Marco Aurelio fuera del comedor de los oficiales y por un corredor que hacía las veces de antesala imperial. Al mirar en torno a sí el anciano vio a su hija Lucila de pie ante el orificio practicado en la pared de la tienda de campaña, junto a su dama de compañía.

Lucila se dio la vuelta hacia él. El emperador dejó a sus esclavos y se acercó a su hija para abrazarla.

—Padre —dijo Lucila sonriendo y besando al anciano en la mejilla con afecto contenido.

—Habrías sido un magnífico césar —comentó Marco Aurelio con aire meditabundo—. Habrías sido un gobernante fuerte. Me pregunto si habrías sido justo.

—Habría sido lo que tú me hubieras enseñado a ser —contestó Lucila.

El emperador sonrió enarcando una ceja. Lucila lo tomó del brazo y echaron a andar despacio por el pasillo de la tienda de campaña.

—¿Qué tal el viaje? —preguntó Marco Aurelio.

—Largo. Incómodo —respondió Lucila—. ¿Por qué me has mandado llamar?

—Necesito que me ayudes —contestó su padre—. Con respecto a tu hermano.

—Por supuesto.

—Él te quiere. Siempre te ha querido. —El anciano se detuvo, fatigado, y se volvió hacia Lucila—. Pronto te necesitará más que nunca.

Lucila observó a su padre, sin saber qué decir.

—Pero basta. No es una noche para hablar de política —dijo Marco Aurelio—. Es una noche para que un anciano y su hija contemplen juntos la luna. —Mientras caminaban por el corredor, Marco Aurelio añadió con ironía pero sin aspereza—: Finjamos que eres una hija cariñosa y yo un buen padre.

—Es una bonita ficción —murmuró Lucila también con suave sarcasmo cuando salieron de la tienda de campaña.

En el exterior soplaba un aire fresco.

Ella comprendía a su padre. Sabía bien que, por mucho que Marco Aurelio anhelase ser un anciano sencillo que compartiese unos momentos de esparcimiento con su amable y cariñosa hija, las cosas eran infinitamente más complicadas, como siempre habían sido. Cuando uno es el viejo emperador de la potencia más grande de la Tierra, las relaciones con los demás nunca son sencillas, ningún momento es tan puro como uno desearía que fuera.

9

Aquella fría mañana, en los linderos del bosque, el sol invernal traspasaba la bruma que flotaba entre los árboles. En aquel lugar, junto al campamento del gran ejército, un grupo de hombres llevaba a cabo un extraño e intenso rito cotidiano.

Cómodo, casi desnudo, con el cincelado cuerpo cubierto de una sutil capa de sudor, blandía un pesado *gladius*, efectuando los mismos movimientos precisos que habría hecho en una batalla. El príncipe y sus seis guardias pretorianos realizaban sus ejercicios cotidianos, un riguroso adiestramiento al que se sometía todo recluta legionario. Eran unos ejercicios inspirados en las escuelas de gladiadores, donde los hombres aprendían a pelear para salvar la vida.

Haciendo caso omiso de la gélida temperatura, Cómodo y sus escoltas asestaban golpes de espada a árboles pequeños. La escena, entre aquella bruma y los moteados rayos de sol, ofrecía un aspecto casi fantasmal. La concentración de Cómodo era tan intensa que de no haber estado acostumbrados a ella sus escoltas se habrían sentido turbados.

El joven príncipe estaba orgulloso de tener un cuerpo fuerte y musculoso en extremo. No sólo practicaba los ejercicios habituales de los legionarios, sino que los hacía más duros. Cada mes los reclutas tenían que realizar tres marchas de treinta kilómetros cargados con unos fardos de veinticinco kilos. Cómodo realizaba tres marchas de cuarenta kilómetros, cada una en un solo día, y por las noches montaba las tiendas de campaña. Los reclutas tenían que llevar a cabo proezas como correr, talar árboles y participar en carreras de obstáculos cargados con sus armaduras y sus pesadas armas. Cómodo llevaba a cabo el doble de esos ejercicios que un recluta. Según decían, su obsesión por mantenerse en forma y aumentar su resistencia física se debía a la fascinación que sentía hacia los gladiadores. Su deseo, que expresaba a menudo para horror de amigos y familiares, era salir a la arena y demostrar su valía en un combate contra gladiadores auténticos. No se trataba de una aspiración lógica en un joven romano de noble cuna. Cómodo sabía que era inútil pensar que algún día contaría con el consentimiento de su padre, pues había sido él quien había puesto fin a la tradición de las luchas de gladiadores en Roma.

Máximo pasó de mañana por el campo de entrenamiento, caminando a paso ligero. Echó un vistazo a los cuerpos bañados en sudor, sin asombrarse al constatar que uno de ellos pertenecía al hijo del emperador. Luego siguió adelante. Había oído numerosas historias acerca de la obsesión de Cómodo por la fuerza y la resistencia física. Y también había oído rumores sobre los hábitos crueles y lascivos del joven príncipe, que según decían solía agredir salvajemente a las esclavas y mujeres libres que estaban a su servicio. Máximo se reservaba su opinión al respecto; era inevitable que la familia imperial fuese el blanco de envidias y maledicencias.

Al cabo de un rato Máximo llegó a una explanada en la que había numerosas tiendas de campaña, rodeadas por unos oficiales pretorianos. Éstos lo saludaron y franquearon la entrada. Lo aguardaba el emperador.

10

Máximo entró en la tienda. Su silueta se recortaba contra el espléndido cielo matutino. Cuando los guardas dejaron caer la pieza de lona que servía de puerta, la cámara de Marco Aurelio quedó de nuevo a oscuras. La única iluminación en la suntuosa tienda de campaña imperial procedía de unos braseros de aceite. Unos recios postes de madera sostenían el baldaquín y crujían como las tablas de un barco cada vez que la tienda se mecía levemente a merced del viento. Unos bustos de mármol de romanos y griegos insignes apoyados en unos pedestales decoraban la estancia, junto con alfombras orientales, grandes lámparas de bronce y candelabros de plata.

Marco Aurelio estaba sentado de espaldas a Máximo, absorto en su diario, en el que escribía con una pluma. Detrás del escritorio había un busto de Homero, que contemplaba al emperador con expresión ausente.

—¿Me has mandado llamar, césar? —preguntó Máximo inclinándose ante el anciano.

Marco Aurelio, ensimismado, no respondió.

—¿César? —repitió Máximo.

—Dímelo de nuevo, Máximo —le pidió Marco Aurelio—: ¿Por qué estamos aquí?

—Para mayor gloria del imperio, señor —contestó Máximo.

Marco Aurelio parecía no haberlo oído. De pronto se levantó de su escritorio.

—Sí, ya recuerdo... —murmuró. El emperador se dirigió hacia un gigantesco mapa enmarcado del Imperio romano y, señalando con la mano sus vastos dominios, dijo—: ¿Lo ves, Máximo? Éste es el mundo que he construido. Durante veinte años he escrito tratados filosóficos y he meditado sobre «grandes cuestiones». Durante veinte años me he afanado en forjarme una imagen de hombre erudito y teórico... Pero ¿qué es lo que he logrado? —El emperador apuntó a las provincias del Danubio, Dacia y Oriente—. Durante veinte años he conquistado, he derramado sangre y he defendido el imperio. Desde que me convertí en césar, hace veinte años, sólo he gozado de cuatro años de paz. ¿Es éste el legado de un filósofo? ¿Y todo para qué? —preguntó el anciano sacudiendo la cabeza desalentado.

—Para afianzar nuestras fronteras, señor —respondió Máximo—. Para traer la civilización. La justicia. La ciencia.

—¡He traído la espada! ¡Nada más! —exclamó Marco Aurelio—. Y mientras yo luchaba, Roma enfermaba y engordaba. Yo tengo la culpa. No hay filosofía ni meditaciones capaces de alterar el hecho de que Roma está lejos, y nosotros no deberíamos estar aquí. —El anciano se volvió con brusquedad hacia su interlocutor.

—Pero césar... —empezó a protestar Máximo.

—No me llames así —lo interrumpió Marco Aurelio—. Es preciso que tú y yo hablemos. Con sencillez. De hombre a hombre. ¿Es posible? —inquirió el emperador clavando la vista en Máximo y desafiándole a que respondiera con sinceridad.

—Tengo a cuarenta mil hombres congelándose en el lodazal —repuso Máximo—. Ocho mil están heridos y sangrando. Dos mil jamás abandonarán este lugar. Me niego a creer que lucharon y murieron en vano.

—¿Qué es lo que deseas creer, Máximo? —preguntó Marco Aurelio.

—Que lucharon por ti, y por Roma —contestó Máximo.

—¿Y en qué consiste Roma? Dímelo, Máximo...

—He visto poco mundo..., y lo que he visto me ha parecido brutal, cruel, siniestro. Necesito creer que Roma es la luz.

Marco Aurelio asintió. Sí, ahí era adonde quería llegar.

—Y sin embargo nunca has estado allí —observó—. No has visto en qué se ha convertido. —Tras estas palabras el emperador se sumió de nuevo en sus reflexiones.

Máximo sólo sabía lo que había oído decir: que mientras el emperador dedicaba años, millones de sestercios y todas sus energías a sofocar la tempestad bárbara que amenazaba las fronteras del imperio, la corrupción había penetrado como la peste por todos sus resquicios. Multitud de personas en las ciudades estaban desnutridas y los precios de la comida eran astronómicos; la mayor parte del trigo y el maíz procedentes de las provincias iba destinado a las despensas de los ricos. Y dado que buena parte del dinero recaudado por medio de impuestos y tasas iba a parar a los bolsillos de unos pocos, las carreteras, los puentes y los puertos de la península itálica —y por extensión la economía— se desmoronaban. El pueblo romano, otrora famoso por ser industrioso, ahorrador y de costumbres cívicas, se había tornado cínico, desmoralizado y pobre. Un imperio tan extenso, tan increíblemente costoso de administrar y defender, no podía perdurar en manos de una elite corrupta y una economía que se venía abajo. La situación era insostenible.

—Me muero, Máximo —aseveró Marco Aurelio—. Y cuando un hombre siente que su fin está próximo, desea convencerse de que su vida tenía un propósito. —El anciano se sentó para recobrar las fuerzas—. Es curioso, apenas pienso en el tiempo efímero en que vivo. En cambio, pienso en el futuro. Me pregunto... cómo me recordará el mundo en el futuro. ¿Como filósofo? ¿El guerrero? ¿El tirano? ¿O como el emperador que restituyó a Roma su antigua personalidad?

Máximo observó al anciano, sus imperiosos ojos de águila y su rostro majestuoso y demacrado.

—Antiguamente existía un sueño que era Roma —dijo Marco Aurelio—. Ahora apenas me atrevo a hablar de él en susurros. Si alzo la voz el sueño se desvanece. Es muy... frágil. Y temo que no sobrevivirá al invierno. —El viejo emperador tendió una mano temblorosa hacia Máximo.

Máximo la tomó, emocionado hasta lo más hondo por el sentimiento del emperador, y se arrodilló ante él.

—Charlemos en voz baja —dijo Marco Aurelio—. Tienes un hijo. Debes de quererlo mucho.

Máximo asintió en silencio.

—Cuéntame cómo es tu hogar —dijo el anciano.

Cuando Máximo empezó a hablar, los recuerdos de unos tiempos más plácidos suavizaron la voz del aguerrido general.

—La casa está en las colinas cercana a Trujillo —dijo—. Es una casa sencilla, de piedra rosa que el sol calienta en verano. Hay una tapia, una verja, un huerto que huele a hierbas de día y a jazmín de noche. —Máximo levantó la vista. El anciano había cerrado los ojos mientras escuchaba. Sonreía, como si estuviera allí en su imaginación.

»Al traspasar la verja uno ve un gigantesco ciprés y una higuera, un manzano y un peral. La tierra es negra..., como el cabello de mi esposa. En las laderas meridionales cultivamos uvas y en el norte aceitunas. Cerca de la casa hay unos caballos salvajes que juegan con mi hijo. Le gustaría ser uno de ellos.

—¿Cuánto hace que no has estado en tu casa? —preguntó Marco Aurelio.

—Dos años, doscientos sesenta y cuatro días y una mañana —respondió Máximo.

Marco Aurelio rompió a reír.

—Te envidio, Máximo. Tienes un hermoso hogar —dijo asintiendo con la cabeza con actitud reflexiva—. Vale la pena luchar por él.

El anciano observó a Máximo con mayor detenimiento. Por la expresión que asomó a los ojos de Marco Aurelio, Máximo comprendió que había comenzado a urdir un plan.

—Quiero pedirte un último servicio, Máximo —dijo el emperador—. Antes de que regreses a casa.

—¿Qué deseas de mí, césar? —le preguntó Máximo.

—Antes de morir —explicó Marco Aurelio—, quiero hacer un regalo a mi pueblo. Un imperio en paz no debe estar gobernado por un solo hombre. Deseo devolver el poder al senado.

Máximo se quedó atónito. El sistema de gobierno republicano senatorial había fracasado de modo estrepitoso hacía dos siglos, en buena parte debido a las luchas intestinas y a la corrupción que infestaba el ámbito senatorial.

—Señor, si no hay un hombre que empuñe las riendas del gobierno, todos tratarán de apoderarse de él.

—Tienes razón, sin duda —admitió Marco Aurelio—. Por esto te pido que aceptes el cargo de protector de Roma. Te otorgo plenos poderes para que los utilices con un solo fin: restituir el poder al pueblo de Roma, y acabar con la corrupción que impera allí.

Máximo guardó silencio por unos momentos. En efecto, era un sueño. Reinstaurar el noble sistema de gobierno basado en la ley, la libertad política y la responsabilidad cívica que había dado un excelente resultado en la Roma primitiva, la pequeña ciudad-estado fundada hacía diez mil años, antes de convertirse en el corazón de un imperio que gobernaba el mundo. Roma había cambiado demasiado para regresar a esa república visionaria.

—¿No deseas este gran honor que te ofrezco? —preguntó Marco Aurelio con incredulidad.

Máximo sintió sobre sus espaldas un peso como jamás había experimentado, una responsabilidad aún mayor que la de dirigir el Ejército del Norte integrado por catorce legiones y ciento ochenta y seis mil hombres.

—Con toda sinceridad, no lo deseo —respondió.

—Por eso te he elegido a ti —afirmó Marco Aurelio.

—¿Por qué no a un senador o a un prefecto? —inquirió Máximo—. Alguien que conozca Roma y comprenda su política.

—Porque tú no te has dejado corromper por la política —contestó Marco Aurelio.

—¿Y Cómodo? —dijo Máximo.

—Cómodo no es un hombre moral —replicó el emperador—. Lo sabes desde que eras joven. No es digno de gobernar. —El anciano fijó la vista en el infinito, como contemplando horrorizado un imperio regido por Cómodo—. No debe gobernar. —Al cabo de unos minutos miró de nuevo a Máximo y dijo—: Tú eres el hijo que me habría gustado tener..., aunque temo que, si hubieras sido hijo mío, mi sangre te habría emponzoñado como a Cómodo. Nuestra familia ha vivido tanto tiempo unida al poder y la depravación que ya no recordamos cómo sería la vida sin ello. —El anciano se levantó y afirmó—: Cómodo aceptará mi decisión. Sabe que el ejército te es leal.

Máximo sintió que se le encogía el corazón. Aunque el anciano albergaba buenas intenciones respecto a su familia y el imperio, su idealismo estaba firmemente atado por la política.

—Debo pensarlo, señor —dijo Máximo.

—De acuerdo. Mañana, al anochecer, confío en que habrás aceptado mi oferta —dijo Marco Aurelio—. Ahora deja que te abrace como a un hijo.

Marco Aurelio estrechó a Máximo durante un rato contra su pecho, como si temiera que el futuro no le deparase otra oportunidad para hacerlo.

—Ahora trae a este anciano otra manta —pidió Marco Aurelio cuando por fin se separó de Máximo.

Máximo le entregó otro cobertor, que el viejo emperador se echó sobre los estrechos hombros.

—Debemos luchar como podamos contra los rigores del invierno —comentó el anciano con una sonrisa de amargura.

Máximo se sintió profundamente conmovido. Después de inclinarse respetuosamente, se marchó, dejando al frágil anciano envuelto en la manta para protegerse del frío nocturno.

11

Máximo salió de la tienda de campaña de Marco Aurelio tan aturdido que casi tropezó con una tropa de soldados pretorianos de caballería. El general se dirigió a toda prisa hacia el borde del campamento. Cuando creyó que nadie lo veía, apoyó un brazo en un poste para serenarse, tratando de contener unas emociones que amenazaban con desbordarse. Permaneció largo rato junto a las tiendas de campaña imperiales, bañado por la pálida luz de la mañana, con la cabeza agachada, atormentado por unos sentimientos ambivalentes.

—Mi padre siente un gran afecto por ti —dijo una voz a sus espaldas.

Al volverse Máximo vio a Annia Lucila, radiante con su hermosa capa imperial de armiño blanco como la nieve y fina seda púrpura. Cuando se miraron a los ojos el corazón empezó a latirles con fuerza, aunque se esforzaron por ocultarlo.

Al fondo, a una discreta distancia, se hallaba la dama de compañía de la princesa.

—Mi señora —dijo Máximo haciendo una reverencia ante Lucila.

—No siempre me has tratado con tanta ceremonia —comentó Lucila esbozando una pequeña sonrisa. Los rizos castaños de su cabello, sujeto por una diadema adornada con gemas, realzaba su delicado y bello rostro.

Máximo la contempló sacudiendo ligeramente la cabeza, como atónito ante tanta hermosura.

—Han cambiado muchas cosas desde que nos vimos por última vez.

—Muchas cosas sí —repitió Lucila clavando la vista en sus ojos negros y melancólicos—. Pero no todas.

Máximo la miró de hito en hito como si quisiera grabar aquel rostro y aquel momento en su memoria; luego hizo una leve inclinación y dio media vuelta para marcharse.

—¡Espera, Máximo! —le imploró Lucila—. Deja que te vea la cara.

Cuando Máximo se detuvo, ella se acercó a él y alzó una mano.

—Estás disgustado —observó Lucila.

—He perdido a muchos hombres —se apresuró a contestar Máximo, para zanjar el asunto.

Pero su respuesta no convenció a Lucila. No era aficionada a andarse por las ramas.

—¿Por qué te mandó llamar mi padre?

—Para desearme suerte antes de que regrese a Hispania —respondió Máximo.

—Estás mintiendo —le espetó Lucila—. Siempre me doy cuenta de cuando mientes. Nunca has sabido hacerlo.

—Reconozco que no se me da tan bien como a ti —replicó Máximo no sin cierto sarcasmo.

—Cierto, pero nunca te viste obligado a hacerlo —contestó Lucila—. La vida es más fácil para un soldado..., ¿o me consideras cruel? —preguntó sonriendo.

«Creo que eres una digna hija de tu padre, con una gran visión práctica y realista de las circunstancias», se dijo Máximo.

—Creo que estás bien dotada para sobrevivir —respondió en voz alta.

Lucila no lo negó, ni se avergonzaba de ello.

Máximo se volvió y echó de nuevo a caminar.

—Máximo, por favor —dijo Lucila siguiéndole.

Él se detuvo.

—¿Tanto te enoja volverme a ver? —preguntó la joven sin disimular sus sentimientos. Sus delicadas mejillas se tiñeron de rojo.

—No. Lo siento —dijo Máximo—. Estoy fatigado de la batalla.

—Y te duele ver a mi padre tan frágil —aventuró Lucila. Conocía a Máximo, conocía sus sentimientos. Lucila y él compartían un pasado que ella no había olvidado en ningún momento—. Cómodo sospecha que mi padre anunciará el nombre de su sucesor dentro de unos días —dijo—. ¿Servirás a mi hermano como has servido a mi padre?

—Siempre serviré a Roma —respondió Máximo, sin olvidar por un instante que hablaba con un miembro de la familia real y que su lealtad debía ser intachable.

—¿Sabes que todavía te recuerdo en mis oraciones? —preguntó Lucila—. ¡Aunque te extrañe, todavía rezo!

—Lamento la muerte de tu esposo —dijo Máximo con sinceridad—. Me dolió cuando me enteré.

—Gracias —contestó Lucila. Era un diálogo demasiado breve y formal para abarcar toda una vida, unas experiencias y sentimientos tan complejos.

—Me han dicho que tienes un hijo —comentó Máximo.

—Sí —asintió Lucila más animada—. Se llama Lucio. Va a cumplir ocho años.

—Yo también tengo un hijo de ocho años —dijo Máximo. Ambos se miraron sonriendo. En ese momento podrían haber dicho muchas cosas, abierto muchas puertas. Pero esas puertas permanecieron cerradas. Ambos habían tomado de nuevo caminos divergentes, como habían hecho de forma brusca e irreversible en el pasado.

—Gracias por recordarme en tus oraciones —dijo Máximo sonriendo con afecto. Luego dio media vuelta y se marchó.

Lucila lo miró mientras se alejaba. Cruzó las manos sobre el pecho como para reprimir los confusos sentimientos que se agitaban en su interior por el hombre que había significado tanto para ella, a quien había estrechado entre sus brazos.

12

Máximo se arrodilló delante de la mesa de campaña instalada en su tienda, que se hallaba en penumbra, frente a sus antepasados, un pequeño grupo de figurillas talladas en madera rodeadas por unas velas. Varias de ellas representaban a sus padres y a sus abuelos, pero una, la más pequeña, situada en medio de las otras, mostraba a una mujer y a un niño.

—Antepasados míos, os ruego que me guiéis —oró Máximo—. Madre bendita, revélame lo que los dioses me reservan en el futuro. Padre bendito, guarda a mi esposa y a mi hijo con tu espada. —Al tiempo que los nombraba Máximo tocaba las figuritas—. Murmúrales que vivo sólo para abrazarlos de nuevo, pues todo lo demás es polvo y aire. Antepasados míos, os venero y procuraré vivir con dignidad, tal como me habéis enseñado.

Contemplando las figuritas que representaban a su familia, Máximo meditó durante largo rato tratando de imaginar lo que su padre o su abuelo habrían hecho de haberse encontrado en su situación. El emperador le había hecho una petición insólita. ¿Le advertirían sus antepasados que el deber cívico le exigía someterse al yugo que le ofrecía Marco Aurelio? ¿O lo tacharían de presuntuoso por creerse digno de semejante empresa?

Sus antepasados no respondieron a esa pregunta. Máximo exhaló un suspiro de angustia. Tomó la figurita de su esposa y la besó, abismado en sus pensamientos.

—Cicerón —dijo Máximo en voz alta.

Cicerón, su sirviente, apareció a sus espaldas, sigiloso y discreto, y le entregó una bebida.

—¿Señor?

—¿No te resulta difícil a veces cumplir con tu obligación? —preguntó Máximo.

Cicerón era un hombre alto y delgado, con el pelo largo y un rostro sensible surcado por una cicatriz que se extendía desde la oreja hasta la nariz.

—En ocasiones hago lo que deseo hacer, señor —respondió el sirviente—. El resto del tiempo hago lo que debo hacer.

Máximo sonrió y asintió al oír aquella verdad pura y simple de labios de su sirviente.

—Quizá no podamos regresar a casa —dijo con gran pesadumbre.

—¿Señor? —preguntó Cicerón perplejo.

13

Marco Aurelio, en su descomunal tienda de campaña iluminada sólo por el resplandor del fuego, contemplaba de pie y en silencio las figuras de sus antepasados, preparándose para decir lo que debía decir. No existían palabras para expresarlo, ni siquiera en el vasto léxico de aquel hombre inteligente y erudito.

—Cumplirás con tu deber, por el bien de Roma —dijo por fin.

Cómodo se hallaba ante él, orgulloso, erguido, dispuesto a aceptar el glorioso honor que su padre estaba a punto de conferirle.

—Sí, padre —respondió.

—Pero no serás emperador —dijo Marco Aurelio.

A Cómodo se le heló la sangre. No esperaba recibir aquel golpe mortal que daba al traste con sus ambiciones. No obstante, logró dominar su expresión mientras intentaba poner en orden sus emociones e ideas y se inclinó brevemente ante su padre, para indicar que aceptaba su decisión.

—¿Qué hombre más sabio y mayor que yo ocupará mi lugar? —inquirió no sin esfuerzo.

—Mis poderes pasarán a Máximo —repuso Marco Aurelio—, que los ejercerá hasta que el senado esté preparado para gobernar. Roma se convertirá de nuevo en una república.

Aunque el rostro de Cómodo era una máscara fría e impenetrable, el joven notó que se le congestionaba. «¡El viejo está loco! —pensó—. ¡Ha perdido el juicio!» Pero sólo las lágrimas de rabia que asomaban a sus ojos revelaban la intensidad de sus sentimientos.

—Máximo... —musitó.

—Mi decisión te decepciona —observó Marco Aurelio.

Hacía tiempo había depositado todas sus esperanzas en su apuesto hijo: era inteligente, excelente estudiante, ambicioso y decidido, rebosante de encanto juvenil y entusiasmo. Con los años, y gracias a los privilegios imperiales, había ascendido de rango y sus habilidades habían aumentado, pero también su arrogancia y egoísmo. Sólo le preocupaba su persona; los demás no le importaban un comino, y menos aún el pueblo de Roma. Marco Aurelio, el rey filósofo que dedicaba desde el primer pensamiento por la mañana hasta el último por la noche al imperio al que servía, no podía confiar el destino de su pueblo a un hombre como Cómodo, aunque fuera su hijo.

Cómodo miró a su padre mientras se devanaba los sesos por dar con la respuesta adecuada.

—En cierta ocasión me escribiste una carta en la que enumerabas las cuatro virtudes principales —dijo para ganar tiempo—. Sabiduría, justicia, fortaleza, templanza. Cuando leí la lista, comprendí que yo no poseía ninguna de ellas. Pero tengo otras virtudes, padre. Como la ambición, que puede ser una virtud cuando nos impulsa a superarnos. Ingenio. Valor. Quizá no en el campo de batalla, pero existen muchas clases de valor. Y devoción. A mi familia, y a ti. Pero ninguna de mis virtudes figuraban en tu lista. Al leerla tuve la impresión de que no te complacía que yo fuera tu hijo.

—Vas demasiado lejos, Cómodo —dijo Marco Aurelio profundamente apenado.

—Y tú me partes el corazón —replicó Cómodo—. Escruto los rostros de los dioses para descubrir el modo de complacerte, de lograr que te sientas orgulloso de mí..., pero jamás lo consigo. Una palabra tuya de afecto o un fuerte abrazo me habrían proporcionado una felicidad inmensa. ¿Por qué me odias tanto? Mis ojos son tus ojos. Mis manos son tus manos. Lo único que deseé siempre fue colmar las esperanzas que habías depositado en mí. César. Padre. —El joven no fue capaz de reprimir las lágrimas.

Marco Aurelio, conmovido, se arrodilló delante de su hijo.

—Cómodo, tus defectos como hijo son mi fracaso como padre —dijo.

Cómodo abrazó a su padre y lo besó en la coronilla, sollozando. Mientras acariciaba la cabeza de Marco Aurelio, le brilló en los ojos una luz fría e implacable.

—¿Por qué merece Máximo ese honor que a mí me niegas? —preguntó con vehemencia—. ¿Por qué lo amas más que a mí? Yo estaría dispuesto a aniquilar al mundo entero con tal de conquistar tu amor...

Cómodo alzó la voz al tiempo que apretaba el

rostro de su padre contra su pecho. Marco Aurelio comenzó a forcejear entre sus brazos, pero Cómodo lo sujetó con firmeza, asfixiándolo lentamente mientras las lágrimas le resbalaban por las mejillas. El anciano carecía de fuerzas para luchar contra su joven y musculoso hijo. Cómodo no lo soltó hasta notar que el cuerpo de Marco Aurelio se relajaba en sus brazos.

Entonces lo tendió sobre el lecho, muerto.

—Debiste demostrarme más amor —dijo con suavidad.

14

Máximo se había pasado lo que le había parecido la mitad de la noche revolviéndose en la cama, zarandeado por las angustiosas decisiones que tendría que tomar al día siguiente. Por fin, se sumió en un sueño profundo, exhausto de la batalla y de la agitación interna.

Sin embargo, a Quinto le bastó tocarle el hombro para despertarlo.

—General Máximo —susurró.

Éste, al despabilarse sobresaltado, llevó un cuchillo a la garganta del otro.

—¿Quinto? —dijo Máximo con el corazón desbocado. Mientras retiraba el puñal del cuello del hombre, comprendió que había problemas. Quinto no lo habría despertado en plena noche sin una razón de peso.

—El emperador te reclama —respondió el lugarteniente—. Es urgente.

Máximo se levantó de un salto, se cubrió con una capa y salió a la oscuridad en compañía de Quinto.

Avanzaron rápidamente entre las tiendas, en las que reinaba un silencio inquietante. Sólo las hogueras de los vigías que marcaban a lo lejos los límites del campamento y el ladrido ocasional de algún que otro perro indicaban la presencia de aquella pequeña ciudad dormida en el lindero del pinar.

—¿Qué ocurre? —preguntó Máximo.

—No me lo han dicho —respondió Quinto.

Conforme se aproximaban al grupo de tiendas de Marco, Máximo apuró el paso. La aprensión le oprimía en el pecho, dificultándole la respiración.

A la entrada de la tienda principal del emperador, los guardias pretorianos nocturnos retiraron la visera y franquearon el paso al capitán y a Quinto.

Cuando los dos hombres entraron en la tienda débilmente iluminada, Máximo se detuvo de golpe. Cómodo se hallaba ante él, sin expresión alguna en el pálido rostro.

Lucila estaba de pie en una esquina de la tienda con la cabeza gacha.

Sin embargo, Máximo apenas reparó en ellos, pues se había quedado atónito al ver a Marco Aurelio, que yacía en el lecho en la postura serena de la muerte. Sin habla, contempló fijamente al gran hombre.

—Llora conmigo, hermano —dijo Cómodo—. Nuestro padre ha muerto.

—¿Cómo ha sucedido? —preguntó Máximo sin apartar la vista de la figura exánime del hombre a quien había servido y amado como a un amigo.

—Los médicos dicen que no ha sufrido —afirmó Cómodo—. Ha dejado de respirar mientras dormía.

Máximo alzó los ojos hacia Lucila, pero ella rehuyó su mirada. El general se acercó a la cama, haciendo caso omiso de Cómodo, y se arrodilló y besó con suavidad la frente distinguida del anciano, en una despedida ritual.

—¿Cómo te recordará el mundo, mi señor? —dijo Máximo con voz queda.

A continuación se levantó y se volvió despacio hacia Cómodo.

Éste le sostuvo la mirada, impasible. Al cabo de un momento, tendió la mano.

—El emperador te pide tu lealtad —dijo—. Toma mi mano, Máximo.

Éste no albergaba ni sombra de duda sobre lo que había ocurrido. Pasó por alto la mano tendida y clavó la vista en los ojos de aquel parricida.

Cómodo le devolvió la mirada sin pestañear, con los labios apretados en un gesto arrogante, confiado y dueño de la situación.

—Sólo la ofrezco una vez —añadió.

Máximo se hizo a un lado para pasar y salió de la tienda imperial a toda prisa y sin mirar atrás. No soportaba la idea de respirar el mismo aire que aquel gusano corrupto que llevaba el nombre real.

Cómodo hizo un gesto de asentimiento en dirección a Quinto. Éste, que había recibido instrucciones específicas y siniestras, salió de la tienda.

A solas con su hermana, Cómodo fijó sus ojos gélidos en Lucila. Ella se acercó a la cama y, tal como había hecho Máximo, se arrodilló y besó a su padre muerto en la frente. Permaneció allí un momento, con la cabeza inclinada, ofreciéndole sus promesas silenciosas antes de decirle adiós. A continuación se levantó y se encaró con su hermano. Los ojos de ambos se encontraron. Ella lo abofeteó con fuerza dos veces. El hombre retrocedió, estupefacto. Lucila le sostuvo por un instante aquella mirada sorprendida y, acto seguido, bajó la mano y tomó la derecha de él. Despacio, se la llevó a los labios y la besó.

—Salve, césar —dijo sin el menor sentimiento.

15

En su tienda, a la luz de la linterna, Máximo se visitó rápidamente. Mandó llamar a Cicerón.

—Debo hablar con los senadores. ¡Despierta a Gayo! ¡Despierta a Falco! Necesito su consejo.

Quinto entró en la tienda justo cuando Cicerón se retiraba para cumplir el encargo de Máximo y asió al sirviente por el brazo para detenerlo.

—Máximo, por favor, ten cuidado —lo previno Quinto—. Esto no es prudente.

—¿Prudente? —escupió Máximo—. ¡El emperador ha sido asesinado!

—El emperador —dijo Quinto sin alzar la voz— ha muerto por causas naturales.

Máximo se irguió al percatarse de que Quinto llevaba la daga al cinto y la espada corta en la mano.

—¿Por qué vas armado, Quinto? —preguntó Máximo. En cuanto pronunció las palabras dirigió la vista hacia la puerta, por donde acababan de entrar cuatro hombres de la guardia pretoriana, asesinos por encargo desde hacía unos instantes. Los guardias se abalanzaron de inmediato sobre Máximo para atarle los brazos y las manos al tiempo que llevaban las espadas a su garganta.

—Por favor, no te resistas, Máximo —dijo Quinto con aire de lamentar profundamente el giro de los acontecimientos.

—Quinto... —le advirtió Máximo.

—Lo siento —respondió Quinto con fría determinación en la voz—. El césar ha hablado.

En sus ojos, sin embargo, se leía una disculpa: «Está por encima de mí. No me pidas explicaciones.»

Máximo observó a Quinto, haciéndose cargo de la situación. El hombre, tanto por juramento como por ley, debía lealtad al imperio y, en consecuencia, a quienquiera que ocupara el trono.

—Quinto... Mírame —pidió Máximo—. Prométeme que cuidarás de mi familia.

—Tu familia te dará la bienvenida en el otro mundo —murmuró Quinto.

Máximo se precipitó contra él en una explosión de furia. Los pretorianos aferraron al general en el acto, y el que estaba a sus espaldas lo golpeó en la cabeza con la espada plana. Cayó a tierra.

—El césar ha hablado —repitió Quinto para sí, como si quisiera asegurarse de que aquella justificación bastaba—. Lleváoslo lo más lejos que podáis y matadlo al amanecer —ordenó al capitán de la guardia pretoriana.

A continuación, envainó la espada y dio media vuelta para marcharse.

16

El alba incipiente iluminaba el camino del bosque con una luz plomiza. La niebla aún envolvía los árboles mientras los cinco caballos avanzaban a un trote uniforme por la vía romana que se internaba en la provincia de Germania Superior, hacia el corazón de la selva. Hacía varias horas que no se cruzaban con otros viajeros ni divisaban morada humana alguna.

Los cuatro pretorianos montados guiaban a Máximo, que cabalgaba con las manos atadas ante sí y el cuerpo encorvado sobre la silla, por la interminable calzada empedrada. Más adelante, el largo camino desembocaba en otra plaza fronteriza ocupada por las legiones. No obstante, donde se encontraba no había nada; ningún posible aliado, ninguna esperanza. Máximo se bamboleaba con languidez en la silla, vencido y, al parecer, sin fuerzas.

—Muy bien, ya nos hemos alejado lo suficiente —anunció Cornelio, el capitán del pelotón pretoriano, un hombre delgado y adusto que rondaba los treinta años. Sus tres lugartenientes eran más jóvenes—. Vosotros dos. —Cornelio señaló a dos de los jovenes pretorianos—. Llevadlo por allí, donde nadie lo encuentre.

Ambos hombres se apearon del caballo y Rufino desenvainó la espada, no sin esfuerzo. Juntos, bajaron a Máximo de su montura.

Cornelio indicó por gestos al guardia restante, Salvio, que sujetara las riendas de los caballos de los otros dos. El capitán del pelotón hurgó en su alforja en busca de algo que comer. Cumpliría las órdenes de su superior sin reparos, pero no quería presenciar el derramamiento de la sangre de un ciudadano romano.

Aponio y Rufino arrastraron a Máximo por la pendiente frondosa que descendía a un lado de la calzada. El general aún tenía las manos atadas ante sí. Parecía del todo resignado y no hizo ademán alguno de resistirse.

Sin embargo, Máximo estudiaba a sus captores como una pantera acecha a su presa, fijándose en el menor de sus movimientos mientras los tres se apresuraban ladera abajo entre las agujas de pino, lejos de la carretera. Ambos eran jóvenes, advirtió, y llevaban una armadura reluciente, la de los hombres que nunca han entrado en combate. Sin duda, se trataba de dos pretorianos bien entrenados, pero la pretoriana era la guardia civil de elite del emperador y, a efectos prácticos, constituía el ejército privado de la familia real y de la clase dirigente. Aquellos hombres apenas salían de Roma y jamás participaban en la guerra, a menos que se tratara de una guerra civil, cosa que no se había producido desde hacía un siglo.

—Aquí está bien —señaló Aponio cuando la pendiente se hizo menos escarpada y salieron a un pequeño claro—. Arrodíllate.

Máximo permaneció en pie y paseó la indiferente mirada de un rostro a otro. Suspiró mientras Rufino, el hombre alto de aspecto aniñado que empuñaba la espada, se acercaba para disponerse a asestar el golpe que habría de decapitarlo. Después se dio la vuelta y lo siguió con la vista. Por último, se levantó.

—Concédeme una muerte limpia —le dijo al joven con aspereza—, una muerte de soldado, para que pueda presentarme ante mis antepasados con dignidad.

Máximo tenía la esperanza de que el joven guardia se tomase aquello como la orden de un general y adoptase la técnica de muerte y el golpe de espada militares. Por ser romano, el joven sin duda conocía la tradición y la ley. La ejecución de un ciudadano romano de alto rango como Máximo debía efectuarse con honores y con la espada. El soldado estaba preparado para decapitar al general, pero éste le había pedido un final más digno.

Aponio, un joven oficial recio, guapo y de espaldas anchas con un distinguido porte militar, puso cara de pocos amigos.

—¡Arrodíllate! —gruñó a Máximo.

Se llevó la mano a la empuñadura de la espada a manera de advertencia.

Visiblemente incómodo con la situación, Rufino miró a Máximo, que continuaba en pie, inmóvil. Con gesto inseguro, le indicó al prisionero que se echase al suelo.

Máximo obedeció y se puso de rodillas para afrontar su destino. No obstante, tenía la punta de los pies apoyada en tierra, el cuerpo en tensión.

Rufino se situó tras él. Aponio estaba enfrente del condenado, con la mano presta a desenvainar.

Máximo cerró los ojos, como si rezara.

Rufino alzó la espada, no para decapitarlo sino para colocarle la punta en la nuca antes de hundirla hasta la espina dorsal con ambas manos, empujando con todo el peso de su cuerpo. Sería una ejecución militar.

Máximo se dio la vuelta de pronto, asió la hoja de la espada con sus fuertes manos y se la arrebató de un tirón al sorprendido soldado. Tras ponerse en pie de un salto, sujetando la espada por el filo, con manos sangrantes, giró asestando a Aponio un golpe brutal con la empuñadura que le rompió la mandíbula. Aprovechando el impulso del mismo movimiento, retrocedió a velocidad vertiginosa e impulsó la espada hacia atrás para hundirla en el pecho de Rufino como una daga antes de que el joven guardia la viera venir siquiera. Tras tirar del arma para desclavar la hoja, Máximo la lanzó al aire, la atrapó por la empuñadura y, ya bien armado, se enfrentó al tambaleante Aponio. Éste, frenético, intentaba desenvainar la espada sin conseguirlo.

—A veces se queda pegada por culpa de la escarcha —dijo Máximo con ironía antes de descargar el golpe.

17

Arriba, en la calzada, los otros dos pretorianos aguardaban a lomos de sus caballos, contentos de no tener que presenciar aquel acto sangriento. Se dieron la vuelta al oír un grito ahogado procedente de abajo. Estiraron el cuello, pero no oyeron nada más.

Cornelio le indicó con un gesto a Salvio que comprobase si la ejecución se había llevado a cabo. El guardia salió de la carretera a medio galope y bajó por la ladera.

Mientras se abría paso con su montura entre los árboles hacia el lugar de donde procedía el ruido, escudriñó el paisaje ante sí y no vio el menor rastro de sus compañeros. Estaba a punto de llamarlos cuando notó un movimiento a sus espaldas. Se volvió rápidamente...; pero fue demasiado tarde. Sólo tuvo tiempo de ver algo que se acercaba girando en el aire, una espada que volaba hacia él. Paralizado en la fracción de segundo que le quedaba, observó la hoja dar vueltas a la velocidad del rayo y clavarse en su pecho. Cayó del caballo sin proferir más que un gemido y aterrizó con suavidad en el suelo escarchado y cubierto de agujas de pino.

Cornelio, montado en su caballo, comía pan con

salchicha. Cuando oyó ruidos procedentes de abajo, hizo girar a la montura hacia uno y otro lados mientras trataba de mirar entre los árboles.

Sin apenas hacer ruido, Máximo saltó a la carretera, a espaldas del oficial. Avanzó hacia él, armado con la pesada espada de caballería.

—¡Pretoriano! —gritó.

Cornelio se volvió. Desenvainando el sable, espoleó al caballo y galopó hacia Máximo a toda velocidad. Máximo se acuclilló y se preparó para saltar sobre el guardia que se abalanzaba hacia él..., pero en el último segundo se apartó del camino, haciendo que Cornelio errase el golpe. El guardia y Máximo, moviéndose en giros rápidos por unos instantes, hicieron entrechocar las espadas. Cuando el jinete se desplazó junto a él, Máximo le asestó estocadas hacia arriba y hacia atrás.

Cornelio pasó de largo al galope. Se bamboleó y bajó la vista con incredulidad. Tenía un enorme tajo en el torso, los riñones abiertos de arriba abajo. Cayó del caballo y se quedó tendido en tierra, agonizante.

Máximo daba traspiés. También estaba herido; presentaba un gran corte en el hombro. Sin sucumbir a aquel dolor lacerante, se dirigió hacia los caballos.

18

Máximo se internó a todo galope en la espesura de los bosques germanos a lomos del caballo del teniente pretoriano. Detrás, guiado por el general, corría la montura de otro de los guardias. Se había vendado a toda prisa el tajo del hombro, pero la sangre traspasaba la basta tela. No tenía tiempo de pararse para atender la herida.

Cuando el sol del mediodía empezó a descender por el oeste, Máximo cruzaba las llanuras que conducían a la frontera oriental de Galia. Máximo aguijoneó a su corcel con un apremio que nunca antes había sentido, desesperado por llegar a su destino antes de que fuera demasiado tarde.

Entrada la noche, Máximo llevó al límite al segundo caballo; no se había detenido para beber, comer ni descansar. Ya había llegado a Galia Narbonense, una región romanizada desde hacía tiempo, de paisajes imponentes; montañas costeras que bordeaban el mar Mediterráneo. Él no veía nada de cuanto lo rodeaba, no recordaba nada. Sólo era consciente de adónde se dirigía y del tiempo, que transcurría con angustiosa rapidez.

Remontó una cuesta al galope y entró en la escabrosa provincia íbera de Tarraconense. Exhausto y acalorado, se deshizo de la pesada armadura para quedarse sólo con la tosca túnica marrón rojizo de soldado. El caballo que montaba estaba agotado también y tenía el cuello cubierto de espuma. Parecía a punto de desplomarse y al parecer no lograría coronar la larga cuesta. Máximo desmontó y, tras subirse al segundo caballo, lo espoleó colina arriba y cabalgó en dirección a Barcino, Valencia y los montes que se cernían sobre la lejana Trujillo.

A la luz de primera hora de la mañana, las colinas hispanas que, envueltas en niebla, rodeaban la bonita villa campestre y las edificaciones desparramadas en derredor, ofrecían unas vistas de inenarrable belleza. A lo lejos, hasta donde alcanzaba la vista, campos y viñedos verdeantes adornaban las suaves laderas.

En un cercado, junto a la villa de piedra rosada, un niño de ocho años con el pelo cobrizo y rizado entrenaba con diligencia a un potrillo salvaje sujeto de un ronzal. Una hermosa mujer de cabello azabache observaba la actividad de su hijo y sonreía. Para cuando su padre regresara, el chico ya tendría un estupendo corcel listo para montar.

El niño se quedó quieto; había oído algo. En lo alto de la colina atisbó un estandarte que se acercaba. Gritó de alegría, soltó la cuerda y salió corriendo del cercado. Enfiló por el camino a la carrera y remontó la colina en dirección al estandarte al tiempo que gritaba:

—¡Padre! ¡Padre!

La mujer observó la enseña. Sin embargo, vio algo que la inquietó y un mal presentimiento le atenazó la garganta.

El niño siguió corriendo por el camino. Pronto aparecieron los soldados, pero no eran legionarios romanos. El chico aminoró el paso y se detuvo confundido. Veinte pretorianos avanzaban a medio galope por la carretera. Su padre no se encontraba entre aquellos hombres extraños. Volvió a mirar las caras buscando el rostro de su padre, esperanzado.

Tras él, su madre se puso a llamarlo a gritos.

La columna de caballos echó a galopar y, en su carrera hacia la madre que gritaba, arrolló al niño, arrastrándolo por el suelo...

19

Cuando los tonos violetas y dorados del ocaso bañaron las colinas que circundaban los viñedos, un jinete cabalgaba como el viento, arrancando hasta el último aliento al caballo que montaba. El hombro le sangraba profusamente empapando de rojo su pierna y el flanco de su montura. Galopó con furia por una cuesta larga y suave. Al llegar a la cima, divisó el cielo en lo alto de la sierra lejana y tiró con fuerza de las riendas para obligar al caballo a detenerse. Escudriñó el paisaje con la mirada, ansioso, cavilando sobre el origen de la siniestra columna de humo negro que se elevaba a lo lejos.

Soltó un gemido de angustia y espoleó al caballo para que siguiera avanzando. Descendió la ladera de la colina a toda velocidad, como intentando dejar atrás el terror que anidaba en su corazón.

La peor pesadilla de Máximo no habría igualado la estampa que se abrió ante sus ojos. Las llamas habían devorado el hogar y la granja de su familia. La tierra, los viñedos y los huertos estaban carbonizados, y el humo aún se arremolinaba sobre los escasos restos de la casa. Dos chimeneas de piedra rosada sobresalían de los escombros chamuscados.

Cuando se acercó a la casa, Máximo, para detener la carrera del caballo, tensó tanto las riendas que el animal cayó de costado sobre la hierba, y la pierna del hombre quedó atrapada bajo su cuerpo. El general se liberó con esfuerzo y avanzó dando tumbos hacia los restos humeantes de su casa, enfermo de miedo por lo que pudiera encontrar; por lo que sabía que encontraría.

Advirtió los cuerpos incinerados de algunos criados desperdigados entre las ruinas y continuó andando. La herida le sangraba más a cada penoso paso que daba. Por fin se detuvo ante la pérgola que conducía al pequeño huerto. Alzó la vista y jadeó para tratar de tomar aire al tiempo que se le doblaban las rodillas. Su mujer y su hijo estaban allí, crucificados e inmolados. Reducidos a formas grotescas, retorcidas y ennegrecidas, apenas parecían seres humanos. Tendió ambas manos para tocar lo que un día fueran los pies de su mujer. Un espantoso aullido de dolor surgió de sus entrañas. Presa de un tormento insoportable, y de la más absoluta desesperación, se tiznó el rostro con las cenizas de su mundo perdido.

Al anochecer, Máximo enterró a su mujer y a su hijo en el viñedo de la ladera sur. Excavó unas profundas sepulturas en aquel suelo negro y rico que había nutrido las uvas y las aceitunas de los campos, los higos, las peras y las manzanas de los huertos. Niveló con suavidad los montículos de tierra que cubrían los cuerpos destrozados y deshonrados de sus seres queridos. Lloraba, al borde del desmayo a causa de la herida y con las manos cubiertas de mugre. Alzó los ojos hacia el lugar donde antes ocupaba el jardín, junto a la casa que había construido con aquellas mismas manos sucias y ensangrentadas, donde las hierbas y los jazmines que había plantado su mujer solían perfumar el aire.

Entre lágrimas, habló a sus difuntos.

«Descansad a la sombra del álamo blanco, amados míos. ¿Huelen bien las flores del prado? Esperadme allí...»

Se desmoronó en la tierra.

20

Acudieron atraídos por el olor acre y delator del humo en el aire, como carroñeros tentados por el tufo de la muerte. Sabían que el fuego siempre iba acompañado de devastación, y donde había devastación el saqueo era fácil.

Un insólito tintineo precedió su llegada, ocasionado por las delicadas ajorcas de metal que adornaban los pies de aquella tribu de bandoleros vascos. Se acercaron a hurtadillas al hombre que yacía entre las dos tumbas recientes y caminaron alrededor de él mirándolo y tocándolo. El jefe de los nómadas era un fornido montañés que tenía una barba negra y grasienta.

Varias manos palparon las sandalias de Máximo. Eran unas lujosas sandalias militares con tiras de cuero. Otras manos acariciaron la túnica de soldado granate, admirando la exquisita tela...

De repente, Máximo gimió.

Las manos se apartaron.

Se farfullaron frases en una lengua desconocida. Hubo un momento de expectación.

El hombre tendido en tierra no se movía. El jefe de los bandoleros hizo una señal y varias manos asieron a Máximo sin miramientos y se lo llevaron a rastras.

Transcurrieron varios días y noches, que Máximo vivió como un sueño febril, interminable e incoherente. Terribles imágenes aparecían ante él para atormentarlo mientras recuperaba la conciencia y volvía a perderla.

No sabía cuántos días había pasado soñando, sufriendo y danzando con la muerte en el traqueteo de aquel carromato, pero un día la naturaleza de sus pesadillas cambió.

Una hiena repulsiva le ladraba y hacía chasquear sus mandíbulas junto a él...

Una negrura impenetrable, el chillido de las gaviotas, el rumor de las olas, el crujido de maderos en un barco apestoso. Estaba surcando el mar...

Un gran africano acuclillado junto a Máximo le exhalaba su fétido aliento en la cara y le sonreía con un rictus feroz...

Un árido paisaje desértico pasaba junto a él como nubes a la deriva..., montañas lejanas..., gritos en una lengua extranjera, un aire sofocante, tan caliente que se le pegaba a la piel como brea...

Un cocodrilo polvoriento que se retorcía, atado con cuerdas...

Los ojos de Máximo se abrieron despacio. A unos centímetros de su rostro, una hiena gruñó mirándolo desde arriba y en esta ocasión no desapareció cuando cerró los párpados y los abrió de nuevo. Máximo dio un respingo hacia atrás.

Miró en torno a sí y se percató de que estaba en un carromato mugriento y cerrado en compañía de otros hombres, tipos toscos de distintas razas encadenados juntos por los tobillos. Las pequeñas ventanas que había delante, detrás y a ambos costados estaban enrejadas. Se encontraba en un carromato de esclavos. La hiena recorría de un lado a otro la jaula que colgaba del techo.

Máximo se volvió hacia la ventana, situada al otro lado de la jaula. Alcanzó a distinguir otros tres carromatos que avanzaban despacio junto al suyo por el paisaje desértico. Le pareció ver todo un zoológico de fieras exóticas enjauladas: leopardos, leones, panteras y osos. Junto a los vehículos, caminaban fatigosamente y atados con cadenas unas cebras, una jirafa moteada e incluso un ñu. Máximo, mareado, se dejó caer en el suelo del carromato y perdió el conocimiento pensando: «Esto debe de ser sólo un sueño...»

Una docena de esclavos, encadenados entre sí junto a sacos de especias y otras mercancías, lo miraban con expresión impasible. Los mercaderes de esclavos beduinos parloteaban en el exterior del carromato en una jerigonza babélica y absurda de lenguas extranjeras. Máximo advirtió que alguien lo observaba. Un africano musculoso e imponente de mirada inexpresiva que llevaba la cabeza afeitada mascaba algo sin apartar los ojos de él.

—Juba —dijo el africano a modo de presentación. Él también iba encadenado.

Máximo se movió con mucho dolor y vio que en la herida de su hombro pululaban unos gusanos gordos y amarillentos. Asqueado, trato de sacudírselos, pero Juba lo detuvo.

—No, está bien —dijo—. Te la limpiarán. Espera y verás.

Máximo miró al hombre como si estuviera loco. Cayó hacia atrás y, una vez más, la inconciencia lo alivió de la agonía que le provocaban las heridas.

Máximo se despertó y vio que Juba le aplicaba con cuidado la pasta que había estado mascando en los pliegues de la herida.

—¿Mejor ahora? —dijo Juba—. Limpia. ¿Lo ves?

Máximo siseó de dolor cuando Juba lo friccionó con la pasta en el corte. El enorme africano paseó la vista por la caravana y señaló con un gesto los animales que los rodeaban.

—No te mueras —dijo—. Te echarán a los leones. Valen más que nosotros, aunque creo que nos consideran más valiosos que las hienas. Así que no dejarán que ellas nos coman.

Máximo lo observó fijamente. Juba le devolvió la mirada, esbozando la más leve de las sonrisas.

21

El calor de Marruecos no se parecía a nada que Máximo hubiera experimentado antes. El aire era tan denso y caliente y estaba tan saturado de polvo que, de haberle importado, habría reparado en que le costaba respirar; pero no le importaba. Apenas tenía fuerza de voluntad para permanecer de pie expuesto a las trémulas olas de calor que rizaban la arena. Alrededor de él, hombres de diversas procedencias comerciaban con esclavos de distintas razas.

El trajín del mercado provincial se parecía al del ágora romana, pero allí los principales bienes de intercambio eran humanos. Los comerciantes, tratantes y mercaderes de esclavos circulaban entre la mercancía, todos hablando a toda prisa y haciendo muchos aspavientos. Los compradores potenciales toqueteaban, empujaban y palpaban a los esclavos expuestos. El sonriente mercader de esclavos beduino de barba negra pregonaba la excelencia de sus bienes a los transeúntes.

Máximo permanecía plantado entre los esclavos con la mirada perdida en la lejanía. Físicamente, empezaba a recuperarse de la herida, pero sus ojos reflejaban el vacío de su corazón. En lo más profundo de su alma sólo había oscuridad; ya nada le importaba, ni siquiera su vida. El hecho de hallarse entre esclavos, de ser un esclavo encadenado más, no le causaba la menor impresión. Máximo, el padre de familia y dueño de un viñedo, el general del ejército del norte, había muerto. Por fuera, seguía siendo un hombre que caminaba y respiraba, pero había perdido la fuerza de voluntad. Estaba allí, entre los otros esclavos, privado de aquellos atributos humanos que llevan a una persona a exigir consideración o respeto.

Al otro lado de la plaza, Elio Próximo estaba sentado al sol del mediodía bajo el toldo de un establecimiento de mala muerte, escrutándolo todo como un halcón.

Próximo tenía los ojos grandes y azules, el cabello blanco y grasiento, y llevaba una barba blanca cortada en punta; todo el conjunto le confería la apariencia feroz de un auténtico pirata. Las formas voluminosas ocultas bajo el caftán, que llevaba ceñido con un cinturón, unidas a la mirada inquieta, parecían indicar que se trataba de un hombre de apetitos voraces. Sorbía el té como un comerciante se medía los pies para hacerse unas sandalias nuevas. Dos esclavas acuclilladas junto a él le espantaban las moscas con desidia ayudándose con palmas.

—¡Próximo! ¡Mi viejo amigo! —gritó el sonriente mercader de esclavos beduino al avistar al atento pirata.

Próximo se volvió hacia él y al momento desvió la vista.

El beduino se acercó con una amplia sonrisa.

—Cada día es un gran día cuando estás aquí —le dijo a Próximo—. Y hoy es tu día de suerte.

Próximo se dio vuelta y le agarró la entrepierna al hombre a través de los pliegues del jelab. El mercader de esclavos abrió la boca y se dobló en dos hacia Próximo, aullando de dolor.

—¡Esas jirafas que me vendiste no se aparean! —exclamó Próximo—. ¡Lo único que hacen es correr de un lado a otro y comer! ¡Me vendiste jirafas invertidas!

El mercader de esclavos respondió de manera entrecortada, atragantado de dolor.

—Eres demasiado impaciente —se lamentó—. No es la época. Dales tiempo.

—Devuélveme el dinero —exigió Próximo.

—Te haré un descuento especial —jadeó el mercader—. ¡Sólo para ti, por ser un valioso cliente, un descuento de amigo!

—¿Y qué me vendes? —preguntó Próximo.

—¿Has visto los leones nuevos? —dijo el beduino—. ¡Ven a echarles un vistazo!

Esperanzado, lo invitó con un gesto a que se acercara a ver el género.

Próximo lo soltó y el beduino se alejó renqueando hacia sus mercaderías con la mano en sus partes doloridas.

—¡Adude, Ashwad! —gritó el comerciante a sus sirvientes en bereber—. ¡Venid, deprisa!

Próximo se levantó y echó a andar. Sus esclavas y numerosos criados se apresuraron tras él, conscientes de hasta el último deseo de su amo sin necesidad de que éste lo expresase.

—Éste es una belleza —aseveró el mercader, deteniéndose ante un león enjaulado.

Próximo intentó azuzarlo y, al no obtener resultado, perdió el interés. Siguió andando hacia otro león.

—¿Luchan? —preguntó con aire escéptico, paseándose alrededor de la jaula.

—Claro. Como... leones —respondió el mercader de esclavos. Soltó una carcajada estridente.

Próximo dejó escapar una risilla. A continuación vio los cocodrilos, que despertaron su interés. Se plantó a horcajadas sobre uno y lo obligó a abrir la boca para mirar a su interior.

—Tienes buen ojo —lo aduló el beduino—. Cocodrilos de este tamaño ya no se encuentran.

—Sólo dará para un baúl y unas babuchas —espetó Próximo—. ¿Cuánto?

—Para ti..., mi precio especial... Ocho mil sestercios —dijo el beduino.

—Para mí, cuatro mil sestercios —regateó Próximo—, y eso incluye a los leones.

—¿Cuatro? —se escandalizó el mercader—. Señor, tengo que comer...

Próximo miró alrededor en busca de otras gangas y vio el grupo de hombres encadenados.

—¿Alguno sabe luchar? —preguntó—. Tengo un combate dentro de poco.

—Algunos servirán para luchar —afirmó el vendedor—, otros para morir. Necesitarás ambas cosas.

Próximo se acercó con aire despreocupado y se plantó delante de Juba.

—Levántate —ordenó al gran africano.

Juba alzó la cabeza despacio para mirarlo. Se levantó de mala gana.

El otro le palpó las carnes como a una bestia de carga. Le volvió las palmas de las manos hacia arriba y tocó los callos de la piel.

—¿Númida?

Juba asintió.

—¿A qué te dedicabas?

—Era cazador —contestó Juba.

El mercader de esclavos sacudió la cabeza con aire burlón mientras correteaba en pos de Próximo.

—Lo compré en las minas de sal de Cartago —le dijo.

Próximo caminó hacia Máximo. El vendedor le dio un golpe a Juba en el brazo para que se sentara y continuó andando.

El pirata vio la herida purulenta que Máximo tenía en el hombro, donde se habían posado las moscas. Sacó un pañuelo y la limpió con ademanes bruscos. Máximo apenas pestañeó.

Próximo retiró el pañuelo mirando con repugnancia la pus y la sangre. Fue entonces cuando reparó un pequeño tatuaje situado justo encima de la herida; las letras SPQR.

—La marca de la legión —dijo Próximo interesado—, *Senatus Populusque Romanus*. —Sabía bien lo que eso significaba: el senado y el pueblo romanos. Se trataba de un antiguo lema que recordaba a los legionarios para quién trabajaban y por quién luchaban—. ¿Eres un desertor? —preguntó con los ojos clavados en aquel hombre grande e impasible.

Máximo no respondió.

—Probablemente —le dijo el mercader de esclavos, ansioso—. ¿Qué importa? Dicen que es hispano.

Próximo siguió andando para examinar al resto.

—Me quedo con seis, mil por todo el lote —dijo. Extendió una mano sin mirar. Su criado estaba listo: colocó en la mano de Próximo un pequeño pincel empapado en el pigmento rojo de una vasija pequeña.

—¡Mil! —se escandalizó el beduino—. El númida por sí solo ya vale dos mil—. Bajando la voz, susurró a Próximo—: En cuanto le des la espalda, te matará.

—Estos esclavos están medio podridos —replicó Próximo sin dejarse impresionar.

—Eso les dará más sabor —bromeó el mercader de esclavos.

Próximo empezó a alejarse.

—Espera, espera... —rogó el beduino—. Podemos negociar.

Próximo puso su marca en los esclavos que había escogido, una mancha de pintura roja en el pecho de las toscas túnicas de lana.

—Te daré dos mil —dijo—, y cuatro mil por las fieras, lo que suma un total de cinco mil. Por tratarse de un viejo amigo.

El mercader suspiró.

—Por tratarse de un viejo amigo —accedió.

—Pero los leones... tienen que luchar —añadió Próximo.

—Déjalos sin comer un día y medio —dijo el beduino— y se comerán a sus madres. Crudas.

—Una idea interesante —respondió el otro con aire de contemplar en serio la idea. Se despidió con un gesto de la mano.

Los criados recogieron las cadenas que sujetaban a Máximo, Juba y los demás y los guiaron a rastras hacia uno de los carromatos de esclavos de Próximo.

22

La caravana de Próximo, tirada por mulas, avanzaba con estrépito por la concurrida casba de una ciudad portuaria marroquí angosta y lúgubre.

Máximo y Juba iban apretujados en un carromato con una docena de esclavos recién comprados, uno de los cuales era un griego escuálido y muy asustado que gemía de vez en cuando; por su aspecto, parecía un escriba o algo parecido.

El carromato de esclavos iba seguido de otros donde viajaban animales exóticos, incluidos los leones.

La mayoría de los hombres encadenados volvía la vista hacia los felinos, no con interés sino con miedo. Todos sabían de lo que era capaz un león hambriento y sospechaban por qué tanto ellos como las bestias formaban parte del mismo lote.

Cuando salió de la casba, la caravana se acercó a unos portalones de hierro imponentes. Unos criados solícitos abrieron las puertas y, con una reverencia, cedieron el paso a los carromatos.

Tanto las puertas como el edificio del interior carecían de letreros, pero toda la ciudad conocía el lugar como «la escuela de Próximo». Allí no se enseñaba latín, aritmética ni prosodia griega. En aquella escuela se aprendía a luchar y a resistir para sobrevivir un día más a la masacre deliberada y a la muerte. Era una escuela de gladiadores.

A lo que más se parecía la academia provincial de Próximo era a la prisión ruinosa de un castillo. El esplendor decadente de las destartaladas almenas, los muros de adobe y la recargada arquitectura morisca apenas atenuaban el ambiente brutal del lugar.

En el centro, el complejo se abría a una especie de patio interior. A un lado del mismo había una serie de jaulas ocupadas por fieras salvajes de todo tipo.

Los esclavos domésticos de Próximo empezaron a descargar los animales exóticos recién adquiridos y a guiarlos hacia las jaulas vacías.

Máximo y los esclavos nuevos fueron los siguientes. Mientras unos guardias armados hasta los dientes supervisaban el menor movimiento, los esclavos domésticos asieron las cadenas y se dispusieron a conducirlos a rastras a las celdas situadas al otro lado del patio central.

Al oír un súbito alboroto, Máximo miró en dirección a Próximo, quien, rodeado de criados y de cuidadores de animales, «jugaba» con un león a través de los barrotes de la jaula, tentándolo con una pata podrida de cordero.

Máximo retrocedió cuando los esclavos abrieron las puertas de par en par y los aguijonearon con varas para hacerlos salir de las jaulas en manada, como si fueran ganado.

Se fijó en los imponentes muros y en los guardias

bien armados. Los que vigilaban al nivel del suelo portaban espadas cortas de gladiador al cinto. Muchos llevaban puestas nudilleras de cuero tachonadas de bronce. Otros, como quien no quiere la cosa, blandían mazos y látigos de cadena. Los guardias apostados en doce puntos distintos del tejado llevaban arcos cortos sirios en bandolera y tenían haces de flechas de metal con púas preparados en las almenas.

En el extremo más alejado del complejo, una docena de hombres participaba en una serie de combates.

Un entrenador delgado y musculoso arrojaba piedras del tamaño de puños a un hombre más menudo pero de aspecto igual de duro, quien las interceptaba con un pequeño escudo redondo. Otros dos se turnaban para atacarse mutuamente armados con macizos tridentes, usando pesadas redes para parar los golpes.

«Prácticas de lucha», pensó Máximo.

Un hombre enorme vestido con una basta túnica de lana y un pesado cinto de cuero enseñaba a dos gladiadores nuevos cómo arrojar una lanza. Sus dos alumnos erraban una y otra vez el blanco, una forma humana dibujada con tiza en una tabla.

El corpulento instructor, que tenía las espaldas de un búfalo de agua, lanzaba y acertaba al blanco justo en el estómago.

—Haken —lo llamó una voz por detrás en tono de admiración.

Máximo se volvió para observar a Próximo, que estaba elogiando la fuerza y el control de Haken, uno de sus trofeos más valiosos. Su mirada se cruzó de nuevo con la de Máximo.

—Desertor —dijo Próximo, dando un nombre a Máximo; a continuación, siguió caminando junto a la hilera bautizando al resto de nuevos esclavos—. Ladrón... Asesino... —De repente, sonrió, en un derroche de buena voluntad—. Próximo —exclamó—. ¿Alguien sabe qué significa? «El más cercano.» «El más querido.» Yo soy Próximo. Durante los días siguientes, estaré más cerca de vosotros que la perra que os trajo al mundo aullando. ¿Qué os dio ella? Unos cuantos años en esta asquerosa pocilga que llamáis vida. Yo os daré algo que durará para siempre.

Los esclavos domésticos lanzaron puñados de cal en polvo a los prisioneros, que tosieron y se apretaron los ojos escocidos.

El desinfectante cubrió sus cuerpos húmedos escaldando los piojos y otros parásitos indeseables que se habían afincado en sus cuerpos.

—No he pagado una buena suma de dinero para compraros a vosotros —explicó Próximo—. Lo que he comprado es vuestra muerte. Quién sabe si moriréis solos, en pareja o en grupo. Hay muchas variaciones para un único final. —Se paseó ante sus nuevas adquisiciones, disfrutando con los comentarios escatológicos que permitía la ocasión—. La mayoría de los hombres muere temblando, apestando y a solas. Se aferran a la vida como niños a las faldas de sus madres. Pero vosotros... ¡vosotros miraréis a la muerte a los ojos! ¡Desafiaréis a la muerte a que se os lleve en la flor de la vida! —Escudriñó el rostro de los nuevos, buscando algún tipo de reacción—. Y cuando muráis..., pues moriréis..., la transición se producirá al son de las trompetas que anunciarán vuestra gloria.

Próximo alzó las manos y se puso a aplaudir con suavidad. A continuación hizo una reverencia breve y respetuosa.

—Gladiadores, yo os saludo —dijo.

23

Próximo por nada del mundo se habría perdido el entrenamiento básico de los nuevos reclutas. Aprendía muchas cosas de los muchachos nuevos.

Los gladiadores con más experiencia se entrenaban luchando entre sí con toda una gama de armas distintas: mazos de pinchos, espadas largas, arpones de cinco puntas, varas y lanzas. Practicaban en distintas parejas y combinaciones, y con toda clase de escudos y armaduras.

Se conducía a los novatos en manada a una pista central. Uno a uno, se les entregaban pesadas espadas de madera y después los enviaban a luchar con los instructores, que iban armados de un modo parecido.

Próximo los observaba algo alejado, calibrando a los nuevos. En el acto, su ojo experto dividía al grupo en dos partes. A una señal suya, los criados, provistos de botes de pigmento y pinceles, marcaban a los luchadores potenciales en rojo, y a los que servirían de pasto, en amarillo.

El belicoso Haken, de cuello recio, un típico matón que había encontrado su vocación, se divertía mucho arrebatando la espada a los recién llegados y propinándoles después golpes de castigo que los hacían caer a tierra. Prisionero de guerra de la primera revuelta marcomana-cuada del alto Danubio, no tenía nada que perder al demostrar sus malas pulgas en todo momento y sí mucho que ganar.

Pronto le llegó a Máximo el turno de enfrentarse al poderoso instructor.

—Hispano —lo llamó Haken.

Máximo abrió los ojos despacio, miró alrededor y se levantó. Los guardias de Próximo lo aguijaron para que avanzase al encuentro del gigante bárbaro.

Próximo prestó atención, ansioso por saber qué haría el ex soldado romano. Tenía una corazonada respecto a ese hombre, pese a la aparente apatía de su actitud.

El soldado empuñó la espada y se plantó ante Haken. De repente, todo el mundo cayó en la cuenta, y Haken más que nadie, de que aquel hombre sabía luchar. Se traslucía en su postura, en el modo que tenía de sostener el arma de madera; pero sobre todo, en sus ojos. Máximo fijó en el bárbaro una mirada intensa y poderosa.

Levantó la espada con ademán desafiante, un gesto que daba a entender que era capaz de matar con aquella espada pero que prefería no hacerlo. Después, mirando a Haken con desdén, dejó caer el arma al suelo.

Haken soltó un gruñido de sorpresa. Se levantó un murmullo entre los espectadores. ¿Se trataba de un insulto? ¿Estaba burlándose?

Próximo, que observaba los acontecimientos sin perder detalle, interrumpió el gesto de llevarse un vaso a los labios.

Haken se volvió hacia Próximo pidiéndole instrucciones.

Próximo asintió.

Máximo seguía allí, mirando al otro con aire indolente y del todo desarmado.

Haken golpeó a Máximo en el estómago. Éste se dobló en dos por un instante, pero enseguida se irguió de nuevo y, una vez más, clavó la mirada en el otro.

El gigante dirigió de nuevo la vista hacia Próximo, quien asintió de nuevo.

Haken golpeó a Máximo con fuerza en el brazo herido. El hombre se tambaleó y estuvo a punto de caer, pero consiguió incorporarse. Sus ojos inmóviles traspasaron al instructor, llenándolo de rabia. Tanto Haken como todos los demás advertían el desafío que implicaba aquella actitud. «Tal vez yo sea un pobre diablo, pero no tanto como tú —estaba diciéndole—. Soy capaz de matar, pero no por deporte.»

Próximo estaba fascinado. Cuando Haken, furioso, volvió a blandir la espada dispuesto a lastimar al otro, habló.

—Es suficiente de momento —dijo—. Ya le llegará la hora. —Se volvió hacia el sirviente que llevaba los botes de pigmento y le ordenó—: Marca a ése.

24

En un patio interior polvoriento, al calor inclemente del atardecer, Haken, Juba, el griego y otros gladiadores nuevos estaban sentados en el suelo de lo que equivalía a una celda alargada: poco más que un tejado largo y una pared al fondo. Pese a todo proporcionaba una sombra muy bien recibida.

Se entretenían con un juego en el que participaban dos cobras: arrojaban pepitas de oro entre las dos serpientes venenosas para que otros jugadores intentasen recogerlas. La mayor parte de las veces, las pepitas quedaban intactas y Haken reía.

Máximo yacía acurrucado de lado en un hueco de la pared, rascándose el hombro con una piedra afilada.

—¡Hispano! —le gritó Juba—. ¿Por qué no has luchado? ¡Todos tenemos que luchar!

El otro no respondió.

El joven griego inadaptado, barbudo y de débil constitución, habló aterrorizado.

—Yo no lucho —dijo—. No debería estar aquí. Soy un escriba. Sé escribir en siete lenguas.

—Bien —comentó Haken—. Mañana podrás gritar en siete lenguas.

Los otros gladiadores se echaron a reír.

Juba se acercó a Máximo y lo miró con curiosidad mientras el otro continuaba frotándose el hombro. Al hispano le resultó imposible ocultar lo que estaba haciendo cuando el africano se sentó en el suelo, a su lado. No estaba raspándose la costra de la herida sino el tatuaje del hombro para arrancar las letras SPQR.

—¿Es la señal de tus dioses? —preguntó Juba.

Máximo no respondió.

Cansados del juego, los demás seguían burlándose del pobre escriba.

—Quizá sea el escriba quien consiga la libertad —dijo Haken y lanzó una risotada.

Máximo levantó la cabeza como si aquella única palabra se hubiera abierto paso hasta el centro de su ser. «Libertad.» Los otros gladiadores se reían, pero el escriba se lo tomó en serio.

—¡La libertad! —exclamó—. ¿Qué tengo que hacer?

—Tienes que salir a la arena y matarme —contestó Haken—, y a él, al númida, al desertor —señaló a Máximo con el dedo— y a otros cien. Y cuando ya no quede nadie con quien luchar, serás libre.

—Soy incapaz de hacer eso —se desesperó el escriba.

—Sí —convino Haken, poniéndose serio de repente—, pero yo no.

Paseó la mirada de gladiador en gladiador y todos guardaron silencio. Al fin sus ojos se posaron en Máximo. Éste le devolvió la mirada sin parpadear, con el semblante imperturbable.

25

Los esclavos domésticos de Próximo lo protegían con un parasol mientras éste bajaba por una calle estrecha del mercado de tintes. Los pisos superiores de las casas sobresalían hacia la calle y las madejas de lana teñida puestas a secar al sol la sombreaban. Las gotas de tinte rojo y carmesí rojo salpicaban el parasol y la espalda de los gladiadores que lo seguían, manchando sus túnicas.

Máximo, Juba y el imponente Haken iban encadenados al pesado tronco que transportaban a cuestas, al igual que el aterrorizado escriba y muchos otros gladiadores. Los guardias de Próximo caminaban junto a ellos con sus armas en la mano.

Haken se inclinó hacia delante para hablar con Máximo.

—Los dioses están contigo —dijo señalando la salpicadura de tinte que le había dejado una mancha oscura en la espalda—. El rojo es el color de los dioses. Hoy necesitarás su ayuda.

El escriba griego, muerto de miedo, mascullaba una oración en su lengua natal. Haken mantenía la mirada fija al frente. Juba tarareaba un cántico que parecía transportarlo a un lugar más idílico.

Un grupo de niños fascinados caminaba junto a ellos intercambiando susurros sobre la fuerza de los hombres y la fiereza de sus rostros. Después les escupían y les gritaban insultos en su propia lengua.

Máximo sabía que el comportamiento de los niños era normal.

Su actitud constituía el vivo reflejo de las reacciones contradictorias que los gladiadores provocaban allá donde iban: fascinación y repulsa. Eran valientes luchadores y marginados a un tiempo, héroes y criminales, condenados y, a veces, redimidos.

Máximo contempló a los niños un momento y después otra imagen desvió su atención. Más allá de los edificios que se erguían ante él, vio buitres planeando en círculo a lo lejos.

Los circos de provincias eran construcciones modestas, inspiradas en el excelso Coliseo de Roma pero infinitamente más pobres en majestuosidad. Los gobernadores provinciales, cuyo período de servicio en las colonias les reportaba un ascenso, construían circos al estilo del Coliseo para entretener y romanizar a los pueblos ocupados, pero también para sentirse más cerca de su hogar.

Nadie habría confundido aquel destartalado ruedo arenoso con un circo auténtico. No era más que un triste círculo de tierra rodeado de endebles tribunas con finos toldos de tela tendidos de mástiles en lo alto. Sin embargo, estaba repleto de espectadores ansiosos y expectantes de todos modos.

La procesión de gladiadores llegó procedente de

una calle concurrida y bulliciosa. Pasaron junto a un recinto de prisioneros y algunas jaulas que albergaban leones y después salieron al ruedo, donde había montones de huesos de personas y animales. Los buitres saltaban nerviosos alrededor de la carroña, picoteando la carne.

En el atestado cubículo de los atletas, un refugio situado bajo las tribunas, Máximo y los otros gladiadores pululaban de un lado a otro mientras los guardias de Próximo les ponían las armaduras.

Sobre el refugio había un estrado, donde estaba sentado Próximo junto con otros instructores. Chismorreaban y apostaban, bebían vino y comían a placer. Aquella posición estratégica, aparte de proporcionarles una vista excelente de la arena al nivel del suelo, les permitía observar los preparativos de los gladiadores.

Los entrenadores estudiaban a los contendientes, comentaban sus posibilidades y hacían apuestas. Todos se abstenían de hablar de sus atletas nuevos, cuyos méritos estaban por ver, y al mismo tiempo menospreciaban a los gladiadores ya conocidos en un intento de arrancar apuestas más ventajosas.

Mientras los instructores hablaban, Máximo se fijó en un grupo de aspecto desamparado: ancianos, mujeres y niños acurrucados en una jaula cercana. Se parecían a los refugiados que huían de las victoriosas legiones romanas. Le preguntó a Juba quiénes eran.

Cristianos, le respondió Juba. Uno de los niños, un chico no mucho mayor que el hijo de Máximo, se dio la vuelta y lo miró con ojos perplejos y aterrorizados.

Alrededor de Máximo tintineaban las armaduras. Sobre él sonaban las risas y las voces de los entrenadores.

—¿Aún llevas al germano? —preguntó un entrenador calvo y gordo.

—A la plebe le encantan los bárbaros —dijo Próximo—. Me está haciendo rico.

—¿El númida ha luchado antes? —preguntó otro con bigote y los dientes amarillentos.

—No. Es la primera vez —contestó Próximo.

—¿Y ése? —inquirió el calvo señalando con los ojos la imponente figura de Máximo—. ¿Es un peón? ¿Un soldado?

—¿Ése? —dijo Próximo con indiferencia—. Bien podría ser un masajista, por lo que hace en la arena. En realidad, eso me da una idea. —Gritó a uno de sus instructores—: ¡Encadena al hispano y al númida juntos! —Se volvió hacia sus camaradas—. Al menos brindaremos a la multitud la emoción de una amputación.

El gordo miró a Próximo con recelo. Le gustaba el aspecto de Máximo.

—Yo no estoy tan seguro —repuso—. ¿Y si te apuesto un millar a que ese hispano sobrevive a la batalla?

—¿Me estás pidiendo que apueste contra uno de mis hombres? —se sorprendió Próximo—. Yo no hago esas cosas.

—No me tomes por un tracio, Próximo —dijo el hombre gordo—. ¿Y si subo la apuesta a cinco mil?

La codicia brilló en los ojos del otro. Aquello era mucho dinero.

26

Mientras aguardaba en la zona de los luchadores, Máximo observaba al pequeño grupo de cristianos. Conocía su historia y sabía que la utilización de esa gente en aquel tipo de acontecimientos no era nueva. Cuando la ciudad de Roma había ardido bajo el mandato de Nerón, el emperador loco había señalado a los cristianos como los incendiarios y había ideado un castigo grotesco para ellos. Los mandaba atar y untar con brea; después los colocaba alrededor de la arena y les prendía fuego para que ofreciesen un espectáculo nocturno.

Los guardias obligaron a avanzar a los cristianos y los empujaron a través de una puerta a la palestra blanqueada por el sol. Al mismo tiempo, condujeron a Máximo y a su grupo en dirección opuesta, hacia una celda de espera situada junto al ruedo. Máximo arrancó una última mirada al niño desconcertado antes de que el pequeño saliera corriendo en pos de su madre.

Desde la jaula contigua, Máximo vio a algunos leones que gruñían y se tiraban zarpazos antes de salir asustados a la brillante luz del sol de la arena.

En la celda de espera, los guardias de Próximo

alinearon a los gladiadores por orden de lucha. A sus oídos llegaban los gritos y los gemidos de los cristianos agonizantes, aunque amortiguados por las exclamaciones exaltadas que proferían los espectadores al ver a los leones llevar a cabo su truculento trabajo.

Empujaron al escriba hacia el fondo de la celda más cercana a la puerta de barrotes. Miró al otro lado y vio lo que les aguardaba a él y a los otros hombres de Próximo: los *andabatae*, gladiadores disfrazados de monstruos de la mitología griega y romana. Uno iba vestido de minotauro, mitad toro y mitad hombre, mientras que otros llevaban grandes cascos de aspecto terrorífico que les daban la apariencia de bestias.

—¡Silencio! ¡Sentaos! —les gritó un guardia al entrar.

Cuando los gladiadores obedecieron, Próximo hizo aparición. Esperó un momento hasta asegurarse de que todos los hombres estaban pendientes de él.

En el intervalo, pasó un burro junto a la abertura que conducía a la arena retirando los cuerpos de algunos cristianos a rastras.

—Algunos estáis pensando que no vais a luchar —dijo Próximo—, y otros, que no podéis luchar. Todos dicen eso. Hasta que están ahí fuera. Escuchad... —Ladeó la cabeza hacia los gritos ensordecedores de la multitud. Acto seguido, tomó una espada de una repisa—. Hundid esto en la carne de otro hombre y os aplaudirán, os amarán y os reverenciarán. Y tal vez vosotros empecéis a amarlos también por ello. —Clavó la espada con fuerza en una mesa—. En última instancia, todos somos hombres muertos —prosiguió—. Por desgracia, no nos es dado escoger la manera de morir, pero sí podemos decidir cómo afrontar ese final, para que se nos recuerde como hombres. Saldréis a la arena como esclavos. Volveréis, si volvéis, como gladiadores.

La multitud del exterior comenzaba a impacientarse.

Próximo giró sobre sus talones para regresar a su estrado. Antes de marcharse, hizo una señal a los herreros, que aguardaban con grilletes abiertos y cadenas en las manos. Recorrió la hilera indicando quién debía ir encadenado a quién y después se marchó a ocupar su asiento para presenciar el espectáculo.

Los herreros cerraron los grilletes en torno a las muñecas de los gladiadores. Los hombres lucharían por parejas, unidos por cadenas de algo más de un metro de largo. Resultaba evidente que el método consistía en encadenar a un «rojo» con un «amarillo»: un buen luchador con un perdedor seguro.

Haken lucharía junto con el escriba lloroso. El gran bárbaro germano no bajó la vista en ningún momento. No tenía la intención de permanecer sujeto a aquel desgraciado durante mucho tiempo.

Los herreros emparejaron a Máximo, quien se había designado «perdedor» al negarse a luchar con Haken, con Juba.

Máximo se volvió hacia la puerta cerrada y oyó el rugido ensordecedor de la multitud. De repente se arrodilló, rascó un poco de arena del suelo y se frotó las manos con ella. Juba lo observaba sin comprender el ritual. Cuando Máximo se levantó, todo su porte había cambiado. Se irguió, tenso, listo para la batalla.

Los gladiadores se colocaron ante una enorme

puerta doble. En el exterior, la multitud se había levantado. Daba patadas en el suelo y gritaba a todo pulmón.

El escriba, temblando de miedo junto a Haken, apenas se tenía en pie. Un goteo atrajo la mirada de los hombres hacia el suelo. El escriba se estaba orinando encima y el líquido formaba un desagradable charco en la tierra, a sus pies.

Los tambores se unieron al vocerío del exterior. Todos aguardaban tensos e impacientes.

Las puertas que daban al ruedo se abrieron de golpe y la luz del sol los inundó como una explosión, cegando parcialmente a los hombres por medio segundo. El primer luchador corrió de cabeza hacia la bola de pinchos blandida por un *andabata* que lo esperaba. La sangre salpicó en todas direcciones y el hombre cayó a tierra muerto, con el cráneo destrozado y rezumando en la arena.

Codo con codo, con la cadena laxa entre ambos, Máximo y Juba salieron a la arena.

Al deslumbrante sol tropical, una docena de *andabatae* amenazadores se acercaron a los gladiadores. Ante los gritos de la multitud, se abalanzaron hacia los equipos encadenados de Próximo y enarbolaron sus armas, listos para matar.

El resultado de la batalla estaba decidido de antemano. Los *andabatae* llevaban grandes cascos de hierro, cotas de malla y el brazo que empuñaba la espada protegido con manoplas de metal forjado y articulado. Portaban espadas, hachas de combate y largos y pesados arpones de cinco puntas, afiladas como cuchillas de afeitar. Los gladiadores habían salido a luchar con la cabeza descubierta, protegidos sólo por unos escudos pequeños y redondos o con nada en absoluto, desnudos excepto por sus ligeras túnicas grises y armados con sencillas espadas.

Máximo y Juba luchaban juntos contra dos *andabatae*. El contrincante de Juba llevaba un terrorífico casco con cuernos y portaba un hacha y una espada. Al africano le sorprendió advertir, al mirar con el rabillo del ojo, que Máximo —su compañero marcado con el amarillo de los cobardes— se abalanzaba contra su oponente con resuelta ferocidad.

El dolor y la ira que Máximo había enterrado en lo más profundo de su ser se habían desbordado. Tras todos los honores ganados en combate, tras las duras pérdidas y las terribles iniquidades sufridas, supo que no iba a morir, no así, ni aquel día ni de ese modo. Mató a su atacante de un solo golpe, hincándole la espada en la garganta.

Juba le arrebató la espada a su contrincante pero después perdió su propia arma cuando éste le propinó un fuerte golpe de hacha. El filo del *andabata* estaba a punto de clavarse en Juba cuando Máximo lo evitó. Detuvo el hacha con el escudo y hundió la espada en el pecho del hombre con tanta fuerza que la punta asomó por su espalda.

Haken luchaba con una fuerza terrible, arrastrando al asustado y lloroso escriba griego consigo mientras acometía al guerrero vestido de minotauro. Tras herir a la figura enmascarada, atrajo al escriba hacia sí y lo arrojó contra el extremo de la espada del minotauro. Cuando el griego cayó a tierra gritando, Haken hizo retroceder al enmascarado y se volvió para cortar la mano del escriba y liberarse. Blandiendo la cadena, con la mano del otro aún sujeta al extremo, golpeó el casco del minotauro y después le hizo un tajo en el pecho. Cuando el *andabata* cayó hacia atrás, Haken se aprovechó de la pérdida de equilibrio de su contrincante y lo acuchilló hasta matarlo.

Juba no preguntó cómo ni por qué Máximo había decidido volver a luchar. No había tiempo. Otros *andabatae* los acorralaban ya como una manada de lobos hambrientos. Espalda contra espalda, Juba y Máximo tomaron posición. Todos los agresores que se acercaban a ellos probaban su acero. Bien coordinados, con nervios de acero, una fuerza descomunal y movimientos raudos, se dedicaron a igualar el número.

Próximo lo observaba todo con suma atención.

La multitud, al comprender lo que estaba sucediendo, rompió a aplaudir y a aclamar a la salvaje pareja, que rajaba a un *andabata* tras otro.

De los otros cinco equipos de Próximo, uno se abría paso a mandobles hacia la victoria y otro ya había sido derrotado. Los gladiadores de este último yacían muertos y ya se estaban retirando sus cadáveres del perímetro de la arena. Otros dos equipos habían quedado reducidos a un solo hombre y no parecía que fueran a resistir mucho más la embestida de los guerreros *andabatae*. Los dos hombres del último equipo estaban a punto de sucumbir, atrapados en una red lastrada.

Máximo y Juba, con violentos golpes de espada circulares, atacaron por detrás a los *andabatae* armados con red y tridente y dejaron a los dos gladiadores forcejeando para liberarse de la red.

Haken se incorporó a la pelea, se enzarzó en combate con un *andabata* y lo empaló en un pincho que había a un lado de la arena.

Máximo recogió un arpón y se lo clavó al último *andabata*, que cayó a tierra.

Juba y Máximo echaron un vistazo alrededor, exhaustos pero aliviados, y se miraron con el respeto de los guerreros que han luchado juntos. Sin embargo, justo cuando empezaban a relajarse, el último *andabata* se arrancó el tridente del torso con esfuerzo e hizo ademán de levantarse. Ambos se dieron la vuelta al instante, corrieron hacia el hombre y lo estrangularon con la cadena que los unía, para luego estrellarlo contra el muro.

Por fin, la lucha había terminado. Los *andabatae* habían muerto.

Mientras Máximo contemplaba el escenario sangriento que lo rodeaba, un ruido extraño, casi irreal, le llamó la atención. Alzó la vista. Lo que había percibido era el sonido de una persona que aplaudía. A continuación, otros se sumaron al primero, y después otros más, hasta que todas las gradas estallaron en una ovación salvaje y desenfrenada. Máximo miró los semblantes emocionados del público y pensó que debía de hallarse realmente en el Hades.

Se dirigió hacia el túnel y, para demostrar su desdén absoluto, arrojó la espada a la multitud.

Su gesto sólo sirvió para aumentar la intensidad de las aclamaciones.

Próximo, de pie, aplaudía con los demás. Había perdido dinero pero había ganado un luchador. Le tiró la faltriquera al instructor cuya apuesta había aceptado. Éste no logró atraparla, y la bolsa fue a parar a la arena, a los pies de otro gigante disfrazado que acababa de salir al ruedo. Se trataba de Plutón, uno de los favoritos de la multitud. El hombre daba la vuelta al ruedo empuñando una gran espada para rematar a los hombres con brutales estocadas. Con aquellas muertes, el brutal espectáculo del día había terminado.

27

Aquél era un día especial en Roma, declarado fiesta oficial.

Una columna de cincuenta adustos guardias pretorianos con armadura negra y casco marchaba por la vía Sacra, la calle donde se celebraban los desfiles de Roma, encabezando una procesión de hombres a lomos de espléndidos corceles.

A la cabeza de la brigada montada iba un carro que transportaba a un personaje especial: Cómodo, hijo del fallecido Marco Aurelio, heredero del trono de su padre. Cómodo ofrecía un aspecto majestuoso con la armadura de gala, reluciente y ribeteada de oro, una hermosa capa de lino blanco y una corona de laurel de oro en la cabeza. Junto a él iba su hermana Annia Lucila, de una elegancia sublime con la diadema enjoyada y vaporosas prendas de seda.

Otros cincuenta pretorianos marchaban orgullosos a su zaga.

Junto al carro imperial, en un semental negro, cabalgaba Quinto, el nuevo capitán de la guardia pretoriana.

Se trataba de la entrada ceremonial del nuevo emperador en Roma. Se habían trazado planes detallados y llevado a cabo maniobras entre bastidores para el acontecimiento. A distancia, en cuanto su padre, el emperador, había muerto, Cómodo había puesto en práctica al instante los proyectos que había concebido antes incluso de partir hacia el frente del Danubio, semanas atrás.

Sus lugartenientes se habían reunido con los senadores clave de Roma y habían consolidado las promesas de generosidad, favoritismo y relaciones ventajosas que el propio Cómodo había hecho para conseguir su apoyo. A los legisladores, ya conformes, se les había informado sin rodeos de que Cómodo era ahora el comandante en jefe de la tercera legión del ejército romano al completo y contaba con la lealtad y el apoyo incondicionales del ejército. Ningún senador u otra figura política poseía el poder, la popularidad o las agallas para contradecir esa afirmación en aquel momento. El senado, muy a su pesar, aprobó la moción y «eligió» a Cómodo nuevo emperador de Roma, legitimando su toma de poder. Aquello sirvió también para evitar que se desataran conflictos fratricidas entre los distintos aspirantes al trono, lo que sin duda habría sucedido si el puesto de Marco Aurelio hubiese permanecido vacante aunque sólo hubiera sido durante unos días.

La noticia se había hecho pública. El nuevo emperador —que había adoptado el nombre imperial de Marco Aurelio Cómodo Antonino— llegaría a la capital tal día a tal hora y haría su entrada triunfal en la ciudad dorada del corazón de su imperio. Se mandó limpiar la ciudad, adornar los monumentos y las columnas con colgaduras de reborde púrpura. Los ciudadanos de Roma, obedientes, se alinearon en las calles a la hora acordada.

No se trataba de una gran multitud, como la que solía bullir por las calles para los triunfos que se celebraban al regreso de los generales victoriosos. En aquellas ocasiones acudían a honrar a un héroe militar, a comerse con los ojos los botines de guerra que éste traía en carromatos relucientes llenos a rebosar y a maravillarse de los animales exóticos que transportaba procedentes de las tierras recién conquistadas. Con ocasión de un auténtico triunfo militar, la gente acudía a festejar la inconmensurable gloria de Roma y para abuchear a los carromatos cargados de prisioneros de guerra. Las multitudes siempre estaban entusiasmadas, porque un triunfo significaba que habría juegos en el Coliseo y que los suntuosos banquetes y el reparto de monedas no se harían esperar. El general victorioso se desharía en obsequios para convertir su popularidad en poder político.

En aquella procesión el público no era nutrido ni tampoco se mostraba demasiado entusiasmado. Algunos profirieron vítores desganados mientras miraban de arriba abajo al nuevo líder político con cierto escepticismo hastiado. Los ciudadanos no recelaban de su falta de experiencia; su padre se había encargado de que, durante diversos períodos, ocupara los distintos altos cargos romanos que por lo general precedían a la toma de poder como emperador. Más bien era su fama de niño bonito sólo pendiente de sí mismo y con delirios de grandeza lo que llevaba a la gente a pensar que no saldría ganando con el nuevo emperador, sobre todo teniendo en cuenta la grandeza de su antecesor. Cómodo tendría que esforzarse mucho para obtener el apoyo popular si quería seguir ejerciendo su recién adquirido poder.

Delante, en el Foro romano, en la imponente escalinata del senado, un grupo de senadores aguardaba para recibir a Cómodo: Falco, Gayo y el formidable senador Graco figuraban entre ellos.

Lucio, el hijo de ocho años de Lucila, observaba con ellos la llegada de la procesión del nuevo emperador.

El senador Graco, un hombre imperioso y sagaz que pasaba de los sesenta y cuyo porte destilaba auténtica dignidad senatorial, mostraba el semblante irónico de quien sólo había acudido al acontecimiento porque el protocolo lo exigía. No le impresionaba aquel nuevo monarca imperial.

—Entra en Roma como un héroe conquistador —espetó—, pero ¿qué ha conquistado?

—Dale tiempo, Graco —contestó Falco—. Es joven. Creo que hará cosas buenas.

—¿Para Roma? —lo intentó pinchar Graco—. ¿O para ti?

Falco se volvió hacia Lucio, que aguardaba muy erguido; todo un joven príncipe de pies a cabeza.

—Es un gran día para todos nosotros, ¿no, Lucio? —dijo Falco. Lanzó a Graco una mirada maliciosa—. Estoy seguro de que el senador Graco nunca pensó que viviría para ver algo así.

—Doy gracias a los dioses de que mi madre haya regresado sana y salva —respondió Lucio con formalidad sin apartar los ojos de la procesión que se aproximaba.

Graco sonrió, conmovido por el empeño de Lucio en comportarse como un adulto.

—Ve con ella, Lucio —dijo con dulzura—. Es lo que ella desea.

Cuando la procesión del emperador llegó ante la recepción senatorial, el muchacho, contento, bajó a toda prisa la escalinata. Entre vítores y aplausos de la multitud, el carro que transportaba a Cómodo y a Lucila se detuvo ante el Foro. Lucio saltó a los brazos de su madre, quien lo abrazó y cubrió de besos su ansioso rostro de querubín.

Cómodo levantó el brazo para saludar y miró en torno a sí, a la multitud que lo aclamaba, representando el papel de soberano triunfante. Sin embargo, incluso él advertía la frialdad de la acogida popular.

Empujaron hasta él a un niño pequeño con un gran ramo de flores en las manos. Cómodo lo aceptó con una sonrisa y le acarició la cabeza al niño.

—¡Roma saluda al nuevo emperador! —exclamó Falco al tiempo que descendía por la escalinata acompañado por el resto de los senadores—. Tus leales vasallos te dan la bienvenida, alteza.

Cómodo arrojó el ramo de flores a un lado y un miembro del séquito lo atrapó al vuelo.

—Gracias, Falco —dijo el nuevo emperador—. Y gracias también por convocar a los fieles vasallos. —Hizo un gesto de saludo a la multitud que lo vitoreaba con un atisbo de sonrisa sarcástica en los labios—. Confío en que no te hayan salido demasiado caros.

Graco hizo una humilde reverencia.

—César.

—Ah, Graco —dijo Cómodo—. El amigo de Roma.

—Celebramos tu regreso, césar —lo saludó el senador. De repente, adoptó una expresión preocupada—. Hay muchos asuntos que reclaman tu atención.

28

En el atrio de mármol del palacio imperial, Cómodo se esforzaba por quedar bien ante la delegación de senadores. Sabía que mantener una buena relación con el senado formaba parte del trabajo, y que éste podía constituir un instrumento valioso para obtener ventajas políticas. Seguiría el consejo de su hermana y escucharía a los hombres con respeto.

Con Gayo y Falco junto a él, el augusto Graco, vestido de blanco, presentó el senado al joven monarca. Refiriéndose al pergamino que sostenía abierto en las manos, anunció:

—Para orientarte, señor, el senado ha redactado una serie de protocolos que te ayudarán a abordar los problemas de la ciudad.

Cómodo, aún con la corona de laurel dorada en la cabeza, iba y venía incansablemente por la sala mientras escuchaba a los senadores. Aquella reunión ya estaba durando demasiado, malditos viejos chochos. Empezaba a perder la paciencia. Lucila, sentada algo retirada, lo presenciaba todo sin perder detalle y observaba a su hermano con una pizca de aprensión.

Mostrando el rollo, Graco prosiguió:

—En primer lugar se citan las condiciones de salubridad del barrio griego. Debemos combatir la plaga que se ha declarado allí. Si el césar pudiera estudiar esto...

Cómodo ya estaba harto.

—¿Lo ves, Graco? Éste es precisamente el problema —estalló—. Mi padre se pasaba el día leyendo, enfrascado en libros de estudio y de filosofía. Dedicó las últimas horas de su vida a leer pergaminos del senado. Y mientras tanto olvidaba al pueblo.

—El senado es el pueblo, césar —le recordó Graco—, elegido de entre los ciudadanos para hablar en nombre del mismo.

Cómodo no podía tolerar que aquellos políticos de carrera caducos le dieran lecciones.

—Dudo que mucha gente del pueblo coma tan bien como tú, Graco —les señaló—. Y que tengan amantes tan hermosas, Gayo. Creo entender a mi gente.

—En ese caso, quizás el césar sea tan amable de instruirnos a partir de su dilatada experiencia —dijo Graco esbozando una sonrisa vacua para compensar la acidez del comentario.

—Yo lo llamo amor, Graco —dijo Cómodo—. Yo soy su padre. Los ciudadanos son mis hijos. Los acogeré en mi pecho y los abrazaré con fuerza.

—¿Alguna vez has abrazado a un hombre que se está muriendo de peste? —le preguntó Graco.

—No, pero si vuelves a interrumpirme, me encargaré de que tú lo hagas —replicó Cómodo.

Lucila intervino antes de que la sangre llegase al río.

—Senadores, mi hermano está muy cansado —dijo avanzado hacia ellos con paso majestuoso—. Dejadme a mí vuestra lista. El césar hará lo necesario para el bienestar de Roma. —Sonrió con diplomacia, una sonrisa que irradiaba cordialidad y respeto genuinos—. Por favor, acompaña a los senadores a la salida —le pidió a un esclavo doméstico.

Cómodo dio media vuelta y caminó con aire ofendido hacia el otro extremo de la habitación.

Los senadores hicieron una reverencia. Graco intercambió una mirada con Lucila y la obsequió con una sonrisa en la que se leía su admiración por las habilidades diplomáticas y el don de la oportunidad de aquella mujer.

—Señora —dijo—, como siempre, una sola palabra tuya impone obediencia.

Los senadores se marcharon con una expresión inescrutable en el rostro. La reunión no auguraba nada bueno. El nuevo emperador no había empezado con buen pie.

Cuando hubieron partido, Cómodo se volvió hacia Lucila, colérico.

—¡Malditos sean! —juró a viva voz—. ¿Quiénes se han creído que son, para sermonearme?

—Cómodo —dijo Lucila con serenidad—. El senado tiene sus funciones.

—¿Qué funciones? —preguntó él—. Sólo saben hablar. —Se dirigió furioso hacia la ventana, contempló el panorama de la gran ciudad y dijo con toda seriedad—: Deberíamos estar solos tú, yo y Roma.

—Ni lo pienses siquiera —repuso Lucila—. Siempre ha habido un senado.

—Roma ha cambiado —respondió su hermano—. Hace falta un emperador para gobernar un imperio.

—Claro. Pero la gente debe conservar sus... —La mujer se interrumpió mientras buscaba el término apropiado.

—¿Ilusiones? —aventuró Cómodo.

—Tradiciones —lo corrigió Lucila con una media sonrisa, consciente de que había sustituido por una palabra más suave la verdad expresada por Cómodo. Desde hacía doscientos años, existía la «tradición» de decir con la boca chica que el senado aún gobernaba Roma, a través del emperador. Sin embargo, aquello era un chiste malo y todos lo sabían. Lo que en realidad ejercía el poder político romano en Roma era el ejército, y quienquiera que controlase las legiones tendría a Roma sujeta por el cuello. El secreto estaba en no manifestar en público aquella verdad, pues la gente prefería engañarse pensando que vivía en una gran república libre.

Sin embargo, la idea de gobierno de Cómodo era distinta.

—La guerra de mi padre contra los bárbaros no sirvió para nada. Él mismo lo reconoció, pero el pueblo siguió amándolo de todos modos.

—A la gente siempre le gustan las victorias —alegó Lucila.

—¿Por qué? —preguntó Cómodo—. No presenciaron las batallas. ¿Qué les importan unas tierras tan lejanas como Germania?

—Les importa la grandeza de Roma —replicó ella.

—¡La grandeza de Roma! ¿Qué es eso? —se burló el emperador—. ¿Acaso se puede tocar? ¿Dónde se encuentra? Enséñame la grandeza de Roma.

—Sólo es una idea —explicó Lucila—. No se puede tocar. La grandeza es... como una imagen.

—¡Sí! —exclamó Cómodo. Besó a su hermana en ambas mejillas, entusiasmado—. ¡Una imagen! ¡Has dado con la palabra justa! ¿No lo ves? Proporcionaré al pueblo una nueva imagen de Roma, una imagen más espectacular, y me amará por ello. Pronto olvidará los aburridos sermones de unos cuantos carcamales. —Cómodo extendió los brazos en cruz y los levantó—. ¡Les proporcionaré la imagen más maravillosa de su vida!

29

Los artistas callejeros trabajaban alegremente pintando enormes y cruentos murales: gladiadores enzarzados en un combate colectivo, fieras salvajes con los colmillos ensangrentados, espadas relucientes.

La gente se arremolinaba para mirar y murmurar, complacida y expectante. La campaña publicitaria de la nueva estrategia de Cómodo había empezado.

El senador Gayo bajaba por una calle que bullía con la actividad del mediodía. Pequeños comerciantes y artesanos vendían sus mercancías para ganarse la vida a duras penas en aquellas barriadas populosas e inhóspitas. Un egipcio hacía juegos malabares con doce huevos. Mientras el senador se abría paso entre la multitud, un vendedor ambulante le deslizó un prospecto en la mano al tiempo que un pregonero anunciaba las últimas noticias: los próximos juegos del emperador Cómodo. Gayo aceleró la marcha.

Pasó junto a un puesto donde acababa de estallar un altercado. En cuanto advirtió que se trataba de dos pretorianos que avasallaban a un vendedor ambulante, viró hacia el otro lado de la calle, en dirección a una taberna exterior. Se volvió y vio que los pretorianos se llevaban a rastras al desafortunado buhonero.

—¡Juegos! —se quejó a Graco y al grupo de senadores con los que se había reunido en aquel concurrido establecimiento del corazón del barrio comercial—. ¡Ciento cincuenta días de juegos!

Los senadores sorbían sus bebidas mientras contemplaban el trabajo de los muralistas.

—Es más listo de lo que pensaba —murmuró Graco.

—¿Listo? —se burló Gayo—. Toda Roma se estaría riendo de él si no tuviera tanto miedo a sus pretorianos.

—Miedo y sorpresa —dijo el primero en un tono no exento de admiración—. Una combinación poderosa.

—¿Crees que la gente se dejará engatusar por algo así mientras toda Roma va de cabeza a la bancarrota? —le preguntó Gayo—. Es una locura.

—Creo que sabe lo que es Roma —le contestó Graco—. Roma es la plebe. Hará trucos de magia para ellos y los mantendrá entretenidos. Les arrebatará la vida. Y les arrebatará la libertad. Pese a todo, ellos gritarán de contento. —Sacudió la cabeza con estoicismo—. El corazón de Roma no late en el mármol del senado, sino en la arena del Coliseo. Les ofrecerá muerte y ellos lo amarán por eso.

Los otros senadores sabían que tenía razón. La historia lo había demostrado. Lo que prevalecía era el pan y el circo, y cada nueva generación de romanos competía con la anterior en la exigencia de espectáculos públicos más pomposos y chabacanos. Más gladiadores asesinados, más animales masacrados, más ejecuciones humanas espantosas. Había que destinar cantidades de dinero público cada vez mayores a los juegos y a los repartos: la comida gratis, la calderilla y la diversión mantenían sumisa a la masa.

Lo que los senadores no sabían era que Cómodo se había propuesto superar cualquier cosa que Roma hubiera visto antes. Los juegos de la victoria del emperador Trajano habían durando ciento veinte días y habían costado cuatro millones de sestercios. En ellos habían participado miles de gladiadores y se había matado a once mil fieras traídas de todas las provincias del imperio. Cómodo tenía la intención de ir más lejos.

Todo obedecía a una razón práctica y muy calculada; un motivo que, de haberlo sabido, habría llenado de inquietud a los senadores.

En opinión de Cómodo, no tenía más remedio que pasar por encima de aquel senado incapaz y obstructor y recurrir directamente al pueblo para hacerse con todo el poder. Los juegos eran la clave. La gente tenía derecho a conservar sus tradiciones, como Lucila había dicho. ¿Quién era él para negarles a los ciudadanos sus tradicionales espectáculos de gladiadores?

En el mercado, sentado detrás de los senadores mientras éstos cavilaban con amargura sobre las maquinaciones del nuevo emperador, había un hombre pequeño y anodino que, por su aspecto, podría haber pasado por un fabricante de sandalias en su pausa de mediodía. Se hallaba de espaldas a ellos, pero lo bastante cerca para oír casi todo lo que decían. Volvía la cabeza de vez en cuando con disimulo para averiguar cuál de los senadores estaba hablando. El rostro del espía nada tenía de particular salvo la profunda cicatriz sesgada que le desfiguraba el rostro por la parte donde antes tenía el ojo. No veía bien, pero su oído y su memoria eran lo suficientemente agudos para hacer de él un valioso recolector de información. Además, le pagaban bien por sus indagaciones.

30

La gente salió de las casitas de adobe que se cocían al sol en las áridas laderas de las colinas que rodeaban aquella pequeña ciudad provinciana de Marruecos. Todos los que podían andar acudieron a la destartalada arena, con la esperanza de encontrar allí un poco de espectáculo y algo que los distrajera de sus austeras y difíciles vidas.

El aire templado y el relativo silencio de los túneles de acceso a la palestra parecían desmentir la presencia del calor asfixiante, el sudor y el hedor a despojos que imperaban a unos metros de la arena.

El brazo de Máximo, desgarrado y lleno de cicatrices allí donde antes lo había adornado el orgulloso tatuaje de los legionarios, ahora tenía la fortuna de estar cubierto por un brazal de bronce. Máximo se había ganado aquella valiosa protección con su ejemplar y feroz combate contra los *andabatae*, al mismo tiempo que se libraba del brochazo de pintura amarilla que lo marcaba como carne destinada a perecer bajo el afilado acero. Ahora lucía la mancha roja de un gladiador.

Se puso la armadura de bronce segmentada. Armado y listo, se inclinó, tomó un puñado de tierra y se restregó las manos con ella. Después echó a andar con paso rápido y resuelto por un túnel dividido por una larga reja de hierro que conducía a la arena.

Próximo avanzaba junto a él, al otro lado de los barrotes.

Máximo pasó por delante de los gladiadores alineados a lo largo de las paredes. Algunos estaban heridos, y los atendían los médicos, mientras que otros sólo estaban aturdidos debido a un encarnizado combate anterior. Otros, musitando plegarias, aún esperaban nerviosos el momento de entrar en combate.

—¡No haces más que matar, matar, matar! —le ladró Próximo a través de los barrotes—. Haces que parezca demasiado fácil. La multitud quiere un héroe, no un carnicero. —Alzó las manos hacia el techo en un melodramático gesto de frustración—. Queremos que sigan viniendo. ¡No los hagas pedazos tan deprisa! ¡Prolóngalo!

El griterío de la muchedumbre se intensificaba conforme se acercaban a la arena.

—¡Dales una aventura que puedan recordar! —gritó Próximo por encima del estruendo—. Hinca una rodilla en el suelo, y así pensarán que el gladiador está perdido y ya sólo le queda rezar. Entonces se levanta con un tremendo esfuerzo de voluntad y nuestros corazones se llenan de júbilo: ¡la victoria por fin es suya! —Corría por su lado del túnel tratando de mantenerse a la altura de Máximo—. Siente lo que quiere la multitud. ¡No te limites a matarlos a todos! Recuerda que estás aquí para entretener al público.

Sin una palabra a Próximo o un momento de vacilación, Máximo salió a la arena abarrotada y bañada por una luz cegadora. Un rugido se elevó de las gradas en cuanto apareció. Ahora era conocido, un combatiente anunciado. Los espectadores marroquíes sabían que no tardarían en ver un poco de acción de primera clase.

Seis oponentes esperaban bajo aquel sol de justicia.

Máximo los caló apenas puso un pie en la arena, y enseguida vio cuál sería su primer objetivo. Para su primer ataque escogió no al oponente más pequeño ni al que mostraba más miedo, sino al que parecía más fuerte, más amenazador y seguro de sí mismo. Máximo sabía que cuando ese hombre cayera, los otros comprenderían que no tenían la menor oportunidad..., y no la tendrían.

Se dirigió en línea recta hacia sus oponentes, sorprendiéndolos y separando de ellos a un luchador con la constitución de un poste de madera de pino. Máximo le abrió el estómago de un veloz tajo y, cuando el hombretón cayó de rodillas, le hundió la espada en la espalda. Después abatió a los demás con la misma eficiencia, manejando brutalmente su espada sin darles tiempo a prepararse para lo que iba a ocurrirles. Uno a uno, sus adversarios cayeron con rapidez. Para enfrentarse al último oponente, recogió una segunda espada del suelo y clavó ambas hojas en el estómago del hombre cuando éste alzaba su arma para atacar. Máximo le dio la espalda mientras el hombre retrocedía tambaleándose y le manaba sangre a borbotones de las tripas. Después se volvió, extrajo las dos espadas y lo decapitó con un fuerte golpe doble.

La multitud lo aclamó, encantada. Los gritos de «¡Hispano! ¡Hispano! ¡Hispano!» hicieron temblar la arena. Máximo había vencido a sus oponentes como una hoz siega el trigo, realizando su trabajo con tal rapidez que el combate había terminado en cuestión de muy pocos minutos. Era una proeza de lo más asombrosa que puso en pie al público.

Próximo, que había presenciado el combate desde su pabellón, se marchó sin tratar de ocultar su disgusto.

Rodeado por un mar de cadáveres y sangre, Máximo bajó los brazos, pasó por encima de un cuerpo y se encaminó hacia el túnel. Lanzó una de sus espadas al interior del pabellón que había ocupado Próximo. El arma cayó entre los dignatarios, que retrocedieron asustados.

La muchedumbre calló de pronto, llena de curiosidad.

—¿Estáis entretenidos? —les gritó Máximo—. ¿Os habéis entretenido lo suficiente? ¿No habíais venido para eso?

Después tiró al suelo su otra espada y cruzó las puertas del túnel.

31

En el frescor del atardecer, durante uno de esos raros momentos de inactividad que podían dedicar a pensar, Máximo y Juba contemplaban el Sáhara interminable y las distantes montañas desde lo alto de las murallas de la escuela de gladiadores de Próximo. Tres jinetes cubiertos de polvo que se aproximaban desde la lejanía atrajeron su mirada, pero no por mucho tiempo. Al parecer, entraba y salía gente de la escuela a todas horas: mensajeros, apostantes, instructores y nuevos esclavos.

—Ahí fuera está mi tierra —dijo Juba—. Mi hogar. Mi esposa está preparando la cena. Mis hijas traen agua del río... ¿Volveré a verlas alguna vez? Me parece que no.

—¿Crees que te reencontrarás con ellas... cuando mueras? —preguntó Máximo.

—Eso creo —respondió Juba—. Claro que yo moriré pronto. A ellas aún les quedan muchos años de vida.

—Pero las esperarás —dijo Máximo.

—Por supuesto —afirmó Juba, y un silencio pensativo flotó entre los dos guerreros.

—Si no me hubieras salvado, habría muerto en el

carro de los esclavos —dijo Máximo de pronto—. Nunca te lo he agradecido. Porque mi esposa y mi hijo me están esperando —añadió, mirando a Juba con expresión apesadumbrada.

Juba entendió y rodeó afectuosamente los hombros de Máximo con el brazo.

—Volverás a verlos. Pero todavía no, ¿eh? —dijo con una carcajada; su equipo aún no estaba dispuesto a rendirse ante la muerte.

Un estruendo de cascos de caballos en el patio anunció la llegada de los tres jinetes que habían visto acercarse. No obstante, cuando éstos entraron en la escuela, causaron una auténtica conmoción y enseguida acapararon la atención de todos.

La importancia de la visita de los jinetes a los gladiadores se desveló un rato después. Dos guardias bien armados se presentaron en los barracones e indicaron a Máximo que los acompañase. Máximo se levantó para seguirlos. Los guardias no querían arriesgarse, de modo que permanecieron a una distancia prudente de aquel gladiador, el más poderoso y hosco de todos, y no apartaron las manos de sus armas mientras lo conducían a los aposentos del director.

Próximo contemplaba su centro de adiestramiento desde lo alto de una terraza con una copa de vino en la mano. Una hiena encadenada roía un hueso en un rincón. Los dos guardias entraron con su combatiente estrella. Próximo se volvió y los despidió con un gesto de la mano.

—Ah, Hispano —dijo—. ¿Mariposas? —preguntó, ofreciéndole un plato de insectos endulzados con miel.

Máximo sacudió la cabeza.

—Lástima. Son exquisitas —aseguró el orondo empresario, llevándose una a la boca y paladeándola—. Bien, ¿qué es lo que quieres? ¿Una chica? ¿Un chico?

Máximo se limitó a mirarlo en silencio, impasible y vacío de emociones.

—¿Me has mandado llamar? —preguntó al fin.

Próximo percibió el desdén apenas disimulado de aquel hombre que debía ser su esclavo y actuar como tal.

—Eres bueno, Hispano —le dijo—, pero no tan bueno como podrías llegar a ser, y eso es lo que me molesta. Podrías ser magnífico.

—Tú quieres que mate y yo mato. Con eso basta —repuso Máximo y dio media vuelta para irse.

—Para las provincias sí —dijo Próximo detrás de él—, pero no para Roma.

Máximo se quedó inmóvil y se volvió hacia él.

—¿Roma? —preguntó, de pronto interesado.

—Mis hombres acaban de traerme la noticia —le informó Próximo—. El joven emperador ha organizado una serie de espectáculos en honor de su difunto padre, Marco Aurelio. Eso me divierte, habida cuenta de que fue el sapientísimo Marco Aurelio quien puso fin a nuestras actividades en su momento. Pero ahora sus días han terminado.

—Sí —asintió Máximo con amargura.

—Después de cinco años de malvivir en aldeas infestadas de pulgas —dijo Próximo entusiasmado—, por fin regresaremos al sitio donde siempre debimos estar. ¡Volveremos al Coliseo! ¡Ah, Hispano, ya lo verás cuando luches en el Coliseo! Cincuenta mil romanos pendientes de cada movimiento de tu espada, deseosos de que asestes el golpe mortal. El silencio antes de que golpees. ¡Y el clamor que lo sigue, elevándose hacia el cielo al igual que una tormenta! Como si fueras el mismísimo dios del trueno... —se interrumpió, mirando el cielo con los ojos encendidos.

Máximo notó que los recuerdos iluminaban el rostro de Próximo.

—Tú fuiste gladiador —dijo.

Próximo volvió la vista hacia él, regresando a la Tierra.

—El mejor —contestó.

—¿Te ganaste la libertad? —preguntó Máximo.

—Hace mucho tiempo —le contó Próximo con nostalgia mientras entraba en su cámara y salía de ella con un objeto—, el emperador me otorgó esto: el rudio. Sólo es una espada de madera, y sin embargo simboliza la libertad. Me posó la mano en el hombro y quedé libre.

Tallado en la empuñadura de la espada estaba el nombre de Próximo y las palabras «Hombre libre, por orden del emperador Marco Aurelio Antonino».

—¿Conociste a Marco Aurelio? —preguntó Máximo, examinando la espada, incapaz de ocultar su escepticismo.

—No he dicho que lo conociera —le replicó Próximo—. Dije que me posó la mano en el hombro.

Máximo clavó en el tratante de esclavos una mirada escrutadora.

—¿Me preguntas qué quiero? —dijo—. Quiero estar delante del emperador, como tú.

—Pues entonces escúchame —dijo Próximo—. Aprende de mí. ¡Yo no era el mejor porque matara deprisa, sino porque la multitud me adoraba! Gánate a la multitud y te ganarás tu libertad.

Máximo lo escuchó y comprendió la verdad que había en sus palabras.

—Entonces me ganaré a la multitud —dijo—. Les mostraré algo que nunca han visto antes.

32

Al recorrer la península itálica de sur a norte por la famosa vía Apia, a primera hora de la tarde la caravana de carros de esclavos de Próximo pasó por la pequeña ciudad de Lanuvio, al sur de Roma. Sin nada de particular, Lanuvio sólo podía enorgullecerse de que el más aclamado de los hijos de Roma había nacido en ella. Como ciudad natal de Cómodo, ahora emperador de Roma, Lanuvio inspiró a Próximo un acto de alegre buena voluntad. Abrió un ánfora de excelente vino lucano y lo compartió con sus principales subordinados, que viajaban en la plataforma delantera del carromato que encabezaba la caravana.

Máximo iba sentado en la parte de atrás del mismo vehículo con Juba y unos cuantos gladiadores más. No se les permitió disfrutar del vino. Juba y los demás hablaban de lo que sabían sobre Roma, que se reducía a lo que habían oído decir. Ninguno de ellos había cruzado las gigantescas puertas de la ciudad.

Máximo no compartió con ellos historias ni opiniones.

Juba lo observaba en silencio, pues sabía que en

su cabeza había acumulados muchos conocimientos que Máximo prefería no revelar.

En la plataforma delantera del carromato, Próximo alzó su copa de vino en un brindis por el emperador mientras la mayor ciudad del mundo se perfilaba a lo lejos. Por fin habían llegado a Roma.

En una estancia del último piso del palacio imperial, Cómodo acechaba igual que un vampiro en el frío aire nocturno. Estaba inclinado sobre una cama en la que dormía un niño de ocho años: Lucio, el hijo de Lucila.

Cómodo lo contemplaba con siniestra concentración. Lucila entró en silencio a sus espaldas. Se detuvo en el umbral por un momento, mirándolos con ojos llenos de preocupación.

Cómodo percibió su presencia.

—Duerme tan bien porque es amado —aseveró, sin volver el rostro hacia su hermana. Apartó con delicadeza unos mechones de cabello de la frente de Lucio.

Lucila se acercó deprisa.

Al sentir el contacto, Lucio se removió.

—Madre... —murmuró en sueños.

—Vuelve a dormirte —lo arrulló Lucila, poniendo una mano tranquilizadora sobre el hombro del niño.

—Estaba soñando con mi padre. Galopábamos juntos... —dijo Lucio.

—Chsss —lo acalló Lucila—. Y ahora duérmete.

Lo besó en la frente y alisó el cobertor.

El niño no tardó en quedarse dormido. Lucila lo observó respirar por unos momentos, ya sumido en un apacible sueño.

—Ven, hermano... Es tarde —dijo apartándose de la cama con la certeza de que Cómodo la seguiría.

Tras regresar al gran dormitorio imperial, una magnífica estancia embellecida por sus columnas de mármol, clásicas líneas griegas y hermosos cortinajes dorado y púrpura, Cómodo se sentó en su cama y dejó escapar un suspiro de irritación. Rebuscó entre un montón de pergaminos que había encima de la mesilla de noche. Contenían planes para la nueva Roma. Rollos de pergamino similares que abarcaban toda la economía del imperio y su descomunal gama de actividades llegaban del senado varias veces al día.

Lucila se dirigió hacia la mesa de mármol y le preparó una bebida, mezclando discretamente ciertos polvos con un tónico medicinal.

—Convertiré a Roma en la maravilla de todas las épocas —alardeó Cómodo—. Eso es lo que Graco y sus secuaces son incapaces de entender. —Apartó los pergaminos y se frotó la dolorida cabeza—. Estos sueños y deseos míos harán que me estalle la cabeza.

—Cálmate, hermano —dijo Lucila afablemente mientras agitaba la bebida. Después se aproximó a él y se lo ofreció—. Esto te ayudará...

Su hermano la miró sin decir palabra.

Lucila se acordó de su deber de garantizar la seguridad de Cómodo en su aposento privado y tomó un sorbo del tónico. Acto seguido, se lo ofreció de nuevo.

—Sí, bébetelo —lo animó y se sentó en el borde de la cama mientras Cómodo apuraba el líquido.

—Me parece que por fin ha llegado el momento —dijo, apartando la copa de sus labios—. Podría anunciar la disolución del senado durante la celebración en honor de nuestro padre. ¿Crees que debería hacerlo? ¿Está preparada la gente?

—Ya hablaremos de ello mañana —dijo Lucila.

—Me parece que lo está —prosiguió él—. Que esos gordos chacales aúllen desde las esquinas. ¿O crees que debería desterrarlos?

—Creo que ahora deberías descansar —insistió Lucila.

Vio que se acostaba y comenzaba a serenarse. «Es un muchacho depravado e insensible —pensó—. Sí, eso es lo que es... Roma ha caído en malas manos. Demos gracias a los dioses de que yo esté aquí para controlarlo, y recemos para que me permitan seguir controlándolo.»

—¿Te quedarás conmigo? —preguntó Cómodo.

—¿Todavía le tienes miedo a la oscuridad, hermano? —dijo Lucila, sonriendo con dulzura.

—Todavía. Siempre —respondió él y luego, animándose de repente, se volvió hacia ella—. Quédate conmigo esta noche —le pidió con voz suplicante.

—Ya sabes que no lo haré —repuso Lucila.

—Entonces bésame —dijo Cómodo.

Lucila sonrió, le dio un rápido beso en la frente y se dispuso a retirarse. Se detuvo en la puerta y echó otro vistazo a la habitación.

Cómodo yacía en la cama, una imagen solitaria y desesperada.

—Duerme, hermano —se despidió Lucila.

—Sabes que mis sueños aterrarían al mundo —dijo Cómodo con voz monótona.

Lucila salió.

34

Conforme transcurría la noche, Cómodo continuaba revolviéndose en su cama, sin conciliar el sueño y con el cerebro convertido en un hervidero de frustraciones, planes y estratagemas.

En otro lugar, ciertas personas tenían otras razones para privarse del sueño. Una silla de manos se detuvo delante de la espléndida mansión que el senador Graco tenía en la colina Palatina, y una figura encapuchada envuelta en una capa se apeó.

Una silueta inmóvil entre las sombras la esperaba en el pórtico: el senador Gayo.

—Lucila —dijo y, tomándola del brazo, la guió a la casa como si se hubieran reunido allí en una cita romántica secreta.

Aunque no había tenido ocasión de visitarla de adulta, Lucila sabía que el interior de la mansión del senador Graco era un auténtico escaparate de la Roma imperial. Unos instantes después se adentró en un suntuoso mundo de hermosa decadencia oriental.

Magníficas antigüedades y obras de arte persas adornaban las estancias iluminadas por velas, la primera de las cuales estaba presidida por una estatua de Mitra, el dios persa del perdón. A diferencia de las líneas clásicas del palacio imperial, en casa de Graco predominaba el lujo y el sibaritismo. Lucila se fijó en que todos los sirvientes eran varones, y en que todos ellos eran jóvenes y hermosos.

Graco salió a la antesala para darle la bienvenida.

La joven abrió la boca para hablar, pero luego titubeó, reticente a revelar su identidad delante de la servidumbre.

—Todos mis sirvientes son sordomudos —la reconfortó Graco—. ¿Cómo crees que he conseguido seguir con vida durante tanto tiempo?

Lucila se quitó la capucha, descubriendo su rostro mientras echaban a andar por la casa precedidos por un sirviente. Graco se volvió hacia Lucila.

—¿Sabes? Hubo un tiempo, no muy lejano, en el que tenía a dos niños sentados en mis rodillas —le dijo con una afable sonrisa—. Eran los niños más hermosos que hubiera visto jamás, y su padre estaba muy orgulloso de ellos. Yo también los quería mucho, tanto como si fueran hijos míos.

—Y ellos te querían —dijo Lucila.

—Durante un tiempo los dos me quisieron, sí... —prosiguió Graco casi con pena—. Vi que uno de ellos crecía y adquiría el sentido de la moral. El otro creció... sombrío. Vi que su padre lo apartaba de él. Vi que todos le daban la espalda. Y en su soledad, estoy seguro de que había demonios.

Entraron del brazo en la estancia central seguidos por el senador Gayo. Graco sirvió vino a sus dos invitados.

—¡Han empezado a arrestar estudiosos! —exclamó Lucila—. Detienen a cualquier persona que ose alzar la voz contra el trono, incluso a los cronistas y los escritores de sátiras.

—Y a matemáticos y a cristianos —agregó Gayo, consternado—. Todos sirven para alimentar la arena. El senado no aprobó esta ley marcial. Este reinado del terror es obra de los pretorianos. Me da miedo salir a la calle por la noche.

—Es lo que Cómodo hace durante el día lo que debería darte miedo —repuso Graco—. El senado está plagado de espías suyos dirigidos por ese proxeneta de Falco. —Se sirvió vino—. ¿En qué está pensando Cómodo? Eso es lo que más me preocupa. Está obsesionado con las celebraciones para honrar a vuestro padre y dedica todo su tiempo a organizarlas. Ha descuidado incluso las tareas fundamentales del gobierno. ¿Qué está tramando exactamente?

»¿Y con qué piensa pagarlo? —quiso saber Graco—. Estos juegos diarios están costando una fortuna y aún no hemos instituido nuevos impuestos.

—El futuro —respondió Lucila, dirigiéndoles una mirada triste—. El futuro lo pagará todo... Ha empezado a vender las reservas de trigo.

—No puede ser —balbució Gayo, perplejo.

—Dentro de dos años la gente se morirá de hambre —afirmó Lucila—. Espero que estén disfrutando de los espectáculos, porque pronto morirán a causa de ellos.

—Roma tiene que saber esto —dijo Gayo, alzando las manos en un gesto lleno de consternación.

—¿Y cómo? —inquirió Lucila—. Cómodo va a disolver el senado. Y cuando lo haya hecho, ¿quién lo difundirá antes de que sea demasiado tarde? ¿Tú,

Graco? ¿O tú, Gayo? ¿Te levantarás de tu asiento en el senado para denunciar a mi hermano? ¿Para luego ver a tu familia enfrentarse a los leones en el Coliseo? ¿Quién se atrevería a hablar? —Paseó la vista de un hombre a otro, intentando determinar hasta qué punto estaban decididos a actuar—. Debe morir —soltó sin más.

Gayo y Graco la miraron en silencio, tratando de digerir sus palabras.

—Quinto y sus pretorianos tomarían el poder —objetó Gayo al cabo de unos momentos.

—No —dijo Lucila—. Si le cortas la cabeza, la serpiente ya no podrá morder.

—Gayo tiene razón, Lucila —intervino Graco—. A menos que neutralicemos a los pretorianos, nunca conseguiremos nada.

—Además, no disponemos de suficientes hombres —dijo Gayo.

—¿Entonces vamos a quedarnos cruzados de brazos? —preguntó Lucila.

—No, hija: seguiremos preparándonos —respondió Graco—. Mientras la gente esté con Cómodo, somos voces en el desierto, inofensivos como el aire. Pero Cómodo se granjea más enemistades a cada momento. Llegará el día en que tenga más enemigos que amigos..., y entonces actuaremos. Entonces atacaremos. Hasta entonces... debemos ser dóciles, obedientes; pero traicioneros.

En el palacio imperial, Marco Aurelio Cómodo Antonino, emperador de Roma, por fin dormía.

35

Aunque al atardecer ya habían llegado a las afueras, Máximo, Juba y los otros gladiadores apenas veían nada de la Ciudad Eterna desde el interior del carromato de esclavos.

Próximo, reclinado en la plataforma delantera del vehículo, lo veía todo con demasiada claridad. Algo había cambiado desde que se marchara de allí hacía cinco años. Roma se había convertido en un campamento militar.

Un nutrido contingente de pretorianos de aspecto amenazador montaba guardia junto a una impresionante puerta de acceso a la ciudad, que había pasado a ser un puesto de control.

El carro se detuvo ante la puerta y un capitán de los pretorianos se acercó a Próximo.

—Vuestros papeles —exigió.

Próximo le entregó unos cuantos documentos. El capitán los examinó mientras otros pretorianos apartaban las lonas que cubrían la parte posterior del carromato y echaban un vistazo a los gladiadores.

Un pretoriano clavó los ojos en Máximo, quien le devolvió la mirada. ¿Detectó un destello de reconocimiento en las pupilas del pretoriano? Sin embargo el guardia siguió adelante para mirar al próximo gladiador.

Una familia de refugiados había bajado de su carro y estaba arrodillada delante de los pretorianos. Un oficial les explicaba que tendrían que pagar alguna clase de tributo para que se les permitiera entrar en la ciudad.

El capitán se volvió hacia los carros de Próximo y les indicó que pasasen. Los pretorianos volvieron a bajar las lonas. El carro avanzó entre las hileras de adustos *praetoriani* y entró en la ciudad.

Los temores de Próximo no hicieron sino aumentar a medida que su caravana se internaba por una Roma que parecía mucho más pobre y sucia de lo que la recordaba. La pulcritud era una virtud tradicional del pueblo romano. ¿Qué decía el abandono de los barrios acerca de los servicios urbanos bajo el reinado del nuevo emperador y sobre la moral de sus ciudadanos?

Peor aún, ¿qué iba a encontrar en el centro de adiestramiento que se había visto obligado a abandonar hacía cinco años después de clausurarlo?

Conteniendo la respiración, Próximo condujo los carromatos de los esclavos hacia las puertas del gran recinto romano que albergaba su antigua escuela. Vio con alivio que los edificios continuaban en pie y que las imponentes puertas todavía estaban cerradas.

Le tiró las llaves a uno de sus guardias, que abrió las pesadas puertas de gruesos barrotes y las hizo girar sobre sus goznes. Los carros de Próximo entraron en el recinto, y el instructor miró en torno a sí sin dar crédito a sus ojos. Estaba en casa. Había vuelto a su pequeño reino, y su reino aún parecía estar de una pieza.

Máximo y los otros gladiadores se alegraron de que se les permitiera salir de su caja. Miraron alrededor con ojos curiosos cuando los sacaron de los carromatos y los llevaron a un gran patio situado al otro lado de las puertas, que se cerraron de nuevo. El lugar les recordó a la escuela marroquí de Próximo, aunque resultaba mucho más impresionante. Una fuente de mármol con una enorme estatua de Marte, el dios de la guerra, se alzaba en el centro del complejo.

No obstante, mientras bajaban de los carros, desperezándose después del largo y arduo viaje, lo que atrajo su atención no fue la estatua o el espacioso recinto escolar. Entre los tejados de Roma, a unas dos o tres manzanas de distancia, se elevaba una impresionante estructura que ocultaba una parte del cielo: el venerado Coliseo.

De él les llegaba un tenue rugido constante: el sonido de cincuenta y seis mil voces que pedían sangre.

Máximo, Juba y los demás contemplaron el monumental edificio, iluminado como si fuese el mismísimo palacio de Júpiter, y escucharon la voz de la multitud, que se intensificaba y se apagaba. Cada hombre estaba preguntándose si era allí donde moriría.

—¿Habías visto alguna vez algo semejante? —preguntó Juba—. No sabía que los hombres pudieran construir tales cosas.

Próximo, siguiendo su costumbre del pasado, entró en la fuente para inclinarse sobre el pie de Marte, su dios protector, y besarlo.

—Me alegro de volver a verte, viejo amigo —murmuró alzando los ojos hacia la impresionante figura esculpida—. Tráeme fortuna. —Cuando se incorporó, un vocerío ensordecedor surgió de la mole del Coliseo y los gritos se convirtieron en un canto: «¡Salve, césar! ¡Salve, césar!»

Para Próximo y sus lugartenientes, que estaban familiarizados con los juegos del Coliseo, era evidente lo que estaba ocurriendo: el emperador acababa de hacer acto de presencia.

Próximo salió de la fuente con los ojos brillantes y coreando el saludo junto con la lejana multitud. «¡Salve, césar! ¡Salve, césar!» Clavó la vista en la figura hipnótica del gigantesco Coliseo, donde el gentío seguía gritando a coro «¡Salve, césar! ¡Salve, césar!».

Sus ojos buscaron los de Máximo, como diciéndole que allí estaba el hombre que podía concederle la libertad.

—Gánate a la multitud —le recordó.

Máximo le sostuvo la mirada y Próximo creyó que su reacción se debía a que la majestuosidad de la colosal arena que resplandecía en la noche empezaba a seducirlo y se dijo que el ex general se había dejado conquistar por la promesa de libertad para quien supiera brindar un buen espectáculo. No podía estar más equivocado.

Mientras contemplaba el Coliseo, sólo había un pensamiento en la mente de Máximo: «Él está allí. Se encuentra muy cerca. El momento se acerca, y pronto veré al hombre por cuya muerte vivo.»

36

El sol abrasador de última hora de la mañana aclaraba las sombras y reverberaba en los parapetos. Máximo y los otros gladiadores tuvieron que colocarse la mano a modo de visera para divisar la cima del Coliseo cuando su carromato se aproximaba a la base del edificio. En lo alto, sobre la arena vacía, alcanzaban a ver esclavos que hacían equilibrios encima de las vigas, colgados de cuerdas o desenrollando enormes piezas de seda, los toldos que proporcionarían sombra a los asientos de los espectadores más ricos.

La energía se renovaba por el barrio que circundaba la espectacular estructura a medida que se acercaba la hora de los juegos. Los gladiadores de provincias lo contemplaban todo con ojos estupefactos. El comercio y la venta ambulante en todas sus variantes hacían su agosto por doquier.

Los comerciantes abrían sus puestos en la arcada curva que rodeaba el exterior del Coliseo para ofrecer todos los artículos imaginables, desde comida a elixires mágicos pasando por juguetes y afrodisíacos. Un murmullo incesante rodeaba los puestos donde se pregonaban y exhibían las virtudes de la mercancía.

Bandas de rameras y prostitutos recorrían las calles. Con los cabellos teñidos de extraños colores y luciendo elaborados maquillajes, ejercían la profesión más antigua del mundo con inusitado entusiasmo y desenvoltura en aquel ambiente festivo.

Los ciudadanos —familias enteras cargadas con almuerzos, cojines para estar más cómodas e hinchados odres de vino— empezaban a llegar, abriéndose paso entre los vendedores y los rateros.

Los domadores introducían en el Coliseo animales feroces metidos en jaulas: leones africanos, hienas, leopardos, osos de Caledonia, jabalíes de afilados colmillos.

Aquellas bestias estaban destinadas para la matanza ritual en el espectáculo de la mañana, o bien para efectuar la ejecución pública de los criminales condenados por delitos menores durante la pausa del almuerzo, todo ello antes del principal acontecimiento de la tarde: el combate de gladiadores.

En la concurrida arcada, barberos y sangradores desempeñaban su oficio junto a alquimistas exóticos, devoradores de fuego y contorsionistas.

Los jugadores atestaban las cabinas de apuestas y regateaban sin piedad.

Los ciudadanos más ricos llegaban en literas y sillas de manos, fingiendo indiferencia ante la excitada multitud que no paraba de gritar.

Las unidades de la guardia pretoriana montada habían dispersado sus numerosos contingentes por el barrio y procuraban mantener alguna apariencia de orden.

Los guardias de Próximo condujeron a Máximo y a

los demás gladiadores por una larga rampa interior, después de lo cual dejaron atrás incontables jaulas de animales para dirigirse hacia las entrañas del anfiteatro. El interior del Coliseo era un laberinto de celdas, corredores, pasadizos y zonas de espera que componían un mundo tan activo como el que bullía en el exterior.

Y allí donde iban los guerreros —sus recintos para vestirse y ponerse la armadura, las salas de los entrenadores y los puestos de preparación— iban también los apostantes, que estaban por todas partes, observando a los luchadores, buscando información privilegiada y tratando de obtener el mayor beneficio posible de los combates que concentrarían el grueso de las apuestas.

Máximo y los otros combatientes se adentraron incluso más en el frío corazón del Coliseo, un reino subterráneo totalmente nuevo. Los muros eran una sucesión de celdas de espera. Hileras de armas resplandecientes y relucientes corazas llenaban las salas de preparación.

Y lo más impresionante de todo era que la maquinaria pesada de los espectáculos que se desarrollaban arriba estaba por todas partes. Cuadrillas de esclavos sudorosos manipulaban sin descanso enormes y chirriantes plataformas «elevadoras», rampas, poleas y contrapesos.

Por último, los guardias de Próximo llevaron a los gladiadores a las celdas de la arcada, una serie de jaulas con sólidas rejas de hierro que permitían al público observar a los combatientes.

Como los caballos expuestos en los cubículos antes de una carrera, los nuevos luchadores se exhibían ante una muchedumbre de apostantes y aficionados a los combates.

Mientras Máximo avanzaba por las celdas, las voces de Próximo y Casio, el empresario principal del Coliseo, atrajeron su atención.

—¿Que el emperador quiere batallas? —exclamó Próximo con incredulidad—. Me niego a malgastar mis mejores luchadores.

Sus hombres eran guerreros adiestrados para el combate singular, y Próximo no quería que los aniquilasen en una ridícula batalla escenificada.

—La multitud quiere batallas, así que el emperador les da batallas —replicó Casio—, y te ha tocado reproducir la batalla de Cartago.

—¡La matanza de Cartago, querrás decir! —gritó Próximo.

A Máximo le ordenaron que permaneciese en una de las celdas. Como no quería llamar la atención, Máximo buscó un rincón lo más alejado posible de los ruidosos espectadores.

Casio y Próximo, que continuaba quejándose amargamente, se apartaron de allí.

—¿Por qué no vais a las prisiones? —preguntó el instructor—. Sacad de ellas a unos cuantos ladrones y mendigos para esta carnicería insensata.

—Eso ya lo hemos hecho —contestó Casio.

—Si quieres que sacrifique estúpidamente a los mejores gladiadores del imperio, tendrás que pagarme el doble —dijo Próximo.

Sin embargo, estaba tirando piedras contra su propio tejado.

—O aceptas las tarifas del contrato o lo anulamos —le advirtió Casio, perdiendo la paciencia—. Y si no estás conforme, siempre puedes volver al estercolero del que has salido.

Entre el gentío que pasaba junto a las jaulas de los gladiadores había algunos muchachos de familias nobles acompañados por los sirvientes que cuidaban de ellos.

Uno de aquellos jóvenes se acercó a los barrotes, contempló por unos momentos el enorme cuerpo de Haken y siguió andando.

Máximo no prestó atención a la multitud que desfilaba ante él. Estaba escuchando las voces de Próximo y Casio conforme se desvanecían, pero de pronto una voz mucho más cercana hizo que volviera la cabeza.

—¡Gladiador! —gritó Lucio.

Era uno de los muchachos, un chico de rubios cabellos y sonrisa franca y jovial. Máximo no tenía la menor idea de quién era, pero por algún motivo atraía su mirada.

Con la seguridad en sí mismo de un joven aristócrata, el muchacho le pidió con un gesto que se aproximase un poco más a los barrotes.

—¿Eres aquel al que llaman el Hispano, gladiador? —preguntó Lucio.

La varonil franqueza con que se comportaba despertó en Máximo el recuerdo de su hijo, por lo que fue hacia el muchacho.

—Sí —contestó.

—Decían que eras un gigante —le contó Lucio—. Decían que podías aplastar el cráneo de un hombre con una sola mano.

Máximo abrió la mano y la miró.

—¿El cráneo de un hombre? No... —repuso, tendiéndole la mano con una sonrisa—. Pero el de un muchacho...

El comentario gustó a Lucio. Le devolvió la sonrisa, visiblemente complacido.

—¿Tienen buenos caballos en Hispania? —preguntó, señalando las figuras de caballos encabritados que adornaban el peto de bronce de Máximo.

Máximo sonrió, divertido por su juvenil exhibición de conocimientos.

—Algunos de los mejores —aseveró, apuntando a las figuras—. Éste era *Argento*, y éste era *Scato*. Eran mis caballos. Me los quitaron.

—Me caes bien, Hispano —dijo Lucio—. Te animaré desde el palco.

—¿Te dejan asistir a los juegos? —inquirió Máximo al muchacho.

—Mi tío dice que eso me hace fuerte —contestó Lucio.

—Pero ¿qué dice tu padre? —preguntó Máximo.

—Mi padre está muerto.

El sirviente de Lucio fue hacia el muchacho y se inclinó con humilde respeto.

—Ya es la hora, amo Lucio —dijo.

—He de irme —le informó Lucio a Máximo.

—¿Te llamas Lucio? —preguntó Máximo.

—Lucio Vero, como mi padre —dijo Lucio con orgullo, y a continuación se marchó, con su sirviente a la zaga.

Un súbito y cegador destello de reconocimiento hizo estremecer a Máximo. Siguió al muchacho con ojos atónitos y comprendió que debía de ser el hijo de Lucila.

Máximo recorrió la multitud con la mirada y se preguntó si Lucila estaría allí. Pero sólo vio los rostros impacientes de los fanáticos de la lucha, encendidos en un frenesí de expectación ante la inminencia de la batalla.

37

Las celdas de espera ocupaban el perímetro de la arena, al nivel del suelo, y servían para que los guerreros acabaran de armarse antes de que se les permitiera salir al gran escenario. Hileras de cascos, corazas y armas esperaban el momento de ser repartidas. Detrás, a través de los barrotes, los espectadores podían ver cómo se azuzaba y hostigaba cruelmente a ocho leones enjaulados antes de liberarlos en la arena.

Los guardias de Próximo guiaron a los gladiadores a aquel último espacio. Ventanas protegidas con barrotes ofrecían un panorama a ras de tierra de lo que sucedía en la espaciosa arena.

Máximo entró con el resto de los combatientes. Se dirigió hacia una ventana y observó aquella extensión arenosa que parecía no tener fin. Desde allí alcanzaba a ver una pequeña sección de las gradas y a oír los sonidos del estadio que se llenaba por momentos. Un grupo de cristianos arrodillados rezaba en un extremo de la arena.

Cuando izaron las puertas y soltaron a los leones para que subieran por las rampas, Máximo se apartó de la ventana.

Los alaridos no tardaron en desgarrar el aire y la multitud empezó a manifestar con gran estruendo su horror y placer.

Mientras los guardias preparaban a los gladiadores y empezaban a repartir las corazas, Máximo se volvió hacia uno de los descomunales funcionarios de la arena.

—¿El emperador está ahí? —le preguntó.

—Estará allí —le aseguró el funcionario—. Viene cada día.

Máximo se dio la vuelta y se encontró con que un guardia le alargaba un casco. Sin hacer caso de la oferta, fue a la hilera de los cascos y la recorrió con la mirada. Escogió uno con una visera que le protegería mejor el rostro y se lo probó.

Cuando volvió de nuevo la cabeza hacia la arena, ofrecía un aspecto feroz, decidido... y anónimo.

Los bien adiestrados y muy apreciados gladiadores de Próximo —Máximo, Juba y Haken entre ellos— ya estaban armados y vestidos. Los habían ataviado para que parecieran guerreros del desierto cartagineses. Todos llevaban cascos parecidos a máscaras en forma de extrañas cabezas de animales y portaban largas lanzas tribales del norte de África con puntas aserradas en ambos extremos, así como largos y pesados escudos curvos. Junto a Próximo, aguardaban a lo largo de una rampa que conducía a la arena.

—Tenéis el honor de luchar delante del emperador en persona —les recordó el funcionario de la arena—. Cuando el emperador ocupe su palco, lo saludaréis alzando vuestras armas.

Las trompetas empezaron a sonar en el gran arco.

—Cuando lo saludéis, hablad a coro —prosiguió el encargado—. Situaos de cara al emperador. No le deis la espalda.

Sonaron más toques de trompeta por encima de ellos. Los tambores rompieron a redoblar como truenos lejanos.

—Id —dijo Próximo—. Morid con honor.

Próximo miró a los ojos a cada gladiador que pasaba ante él, y la mirada que le dedicó a Máximo fue especialmente prolongada y penetrante. Sus cinco mejores gladiadores subieron por la rampa para ir al encuentro de su destino.

Máximo fue el último en salir a la arena del gigantesco Coliseo. Nada de cuanto hubiera podido imaginar lo habría preparado para la visión de los miles y miles de vocingleros espectadores, fila tras fila de rostros desencajados que ascendían en un nivel tras otro, mirara a donde mirase, como una enorme marea humana. Estaba asombrado.

Los gladiadores se desplegaron por el centro de la arena.

De manera simultánea, tres equipos más surgieron de distintas entradas a la arena. Ahora había un total de veinte gladiadores en la palestra del Coliseo. Todos llevaban armaduras cartaginesas e iban armados con largas lanzas de doble punta y gruesos escudos metálicos.

Los combatientes se alinearon y se volvieron hacia el palco imperial, que hasta el momento había permanecido vacío. Situado cinco metros por encima de la arena, coronaba un impresionante muro de mármol negro. Bastaba con verlo para saber que allí se sentaba el emperador.

Una cohorte de cincuenta amenazadores arqueros de la guardia pretoriana rodeaba el palco.

Los seis centuriones que integraban la guardia personal de Cómodo permanecían inmóviles junto al palco, con los ojos bien abiertos, buscando asesinos o cualquier otro peligro, como perros de ataque amaestrados.

Cómodo y Lucila entraron en el palco..., y la multitud enloqueció, poniéndose en pie como un solo hombre para saludarlos a gritos.

Lucila, acompañada por Lucio, se encaminó a su asiento.

Cómodo fue hasta la barandilla del palco imperial y saboreó la adulación de su pueblo. Alzando los brazos, jugó a ser el monarca humilde y benévolo. La multitud lo aclamó y se deshizo en elogios.

Gayo y otros senadores sentados en los palcos cercanos lo vieron e intentaron ocultar su incomodidad. Acababan de enterarse de la última y más increíble noticia: Cómodo había empezado a confiscar las propiedades de los senadores que habían perdido su favor para volver a llenar las exhaustas arcas del tesoro que costeaban aquellos magníficos juegos. El joven emperador incluso planeaba pedir al senado que se rebautizara a Roma con el nombre de «Comodiana» y se convirtiese en colonia personal del emperador. En una nueva muestra de egolatría, ahora exigía a los pretorianos con los que se entrenaba que se dirigieran a él llamándolo Hércules, hijo de Júpiter.

Cómodo bajó la vista hacia los gladiadores y pareció mirar directamente a Máximo, como si pudiera ver a través de la visera de su máscara.

Por un momento Máximo quedó paralizado, abrumado por el odio mientras alzaba los ojos hacia el hombre a quien anhelaba matar. Vio a Quinto a un lado de Cómodo y a Lucila y Lucio al otro. Se fijó en los arqueros pretorianos, la guardia de centuriones y aquella distancia insalvable.

A una señal de Casio, todos los gladiadores saludaron con sus armas y gritaron: «*Ave, Caesar, morituri te salutant!*», «¡Los que van a morir te saludan!». Sólo Máximo guardó silencio.

La multitud rugía a pleno pulmón. Cómodo, radiante, tomó asiento majestuosamente. Lucila se sentó junto él, con Lucio al otro lado.

Después Casio, el maestro de ceremonias del Coliseo, avanzó y se dirigió a la multitud con su potente voz:

—Hoy nos remontamos a la venerable antigüedad para brindaros una recreación de... ¡la segunda caída de la poderosa Cartago!

Las trompetas interpretaron una fanfarria, acompañada por un interminable y palpitante redoble de tambores. La multitud prorrumpió en vítores y aclamaciones. Aquello era lo que había acudido a ver: ¡un auténtico espectáculo! Un drama, una impresionante y fastuosa producción llena de sangre, entrechocar de aceros y asombrosas novedades.

—¡En la llanura desértica de Zama —siguió diciendo Casio—, aguardaban los invencibles ejércitos del bárbaro Aníbal! ¡Feroces mercenarios y guerreros de todas las naciones salvajes consagrados a la más implacable de las conquistas! Vuestro emperador se complace en ofreceros a... ¡la horda bárbara!

Señaló a los gladiadores que aguardaban en la arena, y la muchedumbre rió y se burló de los «bárbaros» disfrazados.

Los tambores iniciaron un redoble más insistente y heroico.

—Pero en ese día ilustre —declamó Casio—, los dioses enviaron contra ellos a los más grandes guerreros de Roma que ese día, y en esos mismos áridos desiertos de Numidia, decidieron el destino del imperio. Vuestro emperador se complace en ofreceros a... ¡los legionarios de Escipión el Africano!

38

El público estalló cuando las enormes puertas situadas en los extremos de la arena se abrieron de golpe y seis carros salieron de cada una. En cada vehículo iban un conductor y un arquero o lancero. Todos vestían aparatosas versiones teatrales de la familiar *lorica segmentata* del legionario romano.

Los carros atravesaron la línea de gladiadores mientras éstos se apresuraban a dispersarse para esquivarlos. Después viraron e hicieron una segunda pasada, arrollando a un gladiador en el proceso. Luego los vehículos avanzaron en dirección opuesta alrededor del perímetro de la arena, empujando a los veinte luchadores hacia el centro. Una nube de polvo y arena les oscureció la vista mientras las trompetas y los tambores enardecían a la multitud hasta llevarla a un auténtico frenesí.

Máximo evaluó la situación y la vulnerabilidad de los combatientes. Volviéndose casi por instinto en el momento en que los colosos rodantes iniciaban su giro, vio volar una lanza a través del polvo.

El arma atravesó el cuello de un gladiador, matándolo al instante. El cuerpo cayó, rígido y desmadejado, en un charco de sangre que manaba de su herida.

Máximo enseguida tomó el mando.

—¡Si trabajamos juntos, podemos vencer! —les gritó a los gladiadores y les indicó que se formaran en columna—. ¡Cerrad filas! ¡Juntad los escudos! ¡Mantened la formación! ¡Pegad los hombros a los escudos!

Los gladiadores respondieron a su voz imperiosa y se pusieron en formación..., todos excepto Haken, que permaneció fuera de ella dispuesto a librar su propia batalla individual, deseoso de reclamar su propio heroísmo.

La multitud se asombró al ver que los guerreros cooperaban entre sí. ¡Nunca habían visto hacer cosa semejante a unos gladiadores! Los conductores tampoco. Sus carros empezaron a trazar círculos alrededor de la formación, lanzándole flechas y alguna que otra lanza que rebotaban inofensivamente en los escudos de los gladiadores.

El pequeño Lucio se había puesto en pie y animaba a gritos a su nuevo héroe y amigo que luchaba en la arena.

Haken contaba con sus propios seguidores, que vitoreaban cada uno de sus movimientos mientras se aprestaba para repeler el ataque de un carro. Dos vehículos se apartaron del perímetro y se precipitaron hacia el centro de la arena, con la intención de poner a prueba las defensas de la formación. Las afiladas hojas de acero que sobresalían de las ruedas de los carros astillaron las lanzas de los gladiadores cuando pasaron con gran estrépito junto a ellos.

A una orden de Máximo, los gladiadores asumieron una formación en diamante.

Otros dos carros interrumpieron sus circuitos mientras los dos primeros regresaban a la parte exterior de la pista. Los vehículos se abalanzaron hacia los gladiadores, y uno de ellos se desvió de improviso hacia la izquierda. El conductor del otro se dirigió hacia la esquina derecha del diamante, confiando en que las hojas de sus ruedas harían trizas a los hombres de esa parte de la formación.

Mientras el carro se aproximaba a ellos, otra orden de Máximo ocasionó que los gladiadores convirtieran súbitamente su formación en el *testudo*, la tortuga, que semejaba un rígido caparazón con escudos que cubrían los lados y la parte superior. El vehículo se estrelló contra la esquina del *testudo* y una rueda pasó por encima de los escudos sin causar el menor daño. El carro volcó con tal violencia que el conductor y su arquero salieron despedidos a la arena.

Haken se apresuró a recoger las armas caídas y una flecha le alcanzó en la pierna. El gladiador se tambaleó y cayó. El segundo carro viró y arremetió contra él. Juba arrojó su lanza y la punta se clavó en la espalda del conductor, derribándolo del vehículo.

Máximo abandonó la formación para salvar a Haken, obligándolo a pegarse al suelo cuando otro carro pasó junto a ellos como una exhalación y las hojas de su rueda hendieron el aire a escasos centímetros de la cabeza del bárbaro.

Esas mismas hojas se hundieron en el conductor del carro estrellado, que trataba de huir arrastrándose, y seccionaron su torso por la mitad.

El segundo carro, fuera de control, colisionó con un tercero en la pista exterior, y debido al impacto ambos vehículos chocaron contra la puerta, aplastando al tercer conductor y su lancero.

Máximo corrió hacia uno de los carros destrozados y liberó al caballo de un veloz tajo. Los otros gladiadores lo cubrieron mientras saltaba a la grupa del animal y se alejaba a galope. Una vez montado en el gran corcel blanco, volvía a ser el implacable ejecutor del Regimiento Félix. Máximo volvió grupas y cabalgó en pos de los carros restantes, escogiendo uno como objetivo.

Cuando el conductor se dio cuenta de que acababa de convertirse en la presa, azotó a sus caballos y emprendió una desesperada huida, manteniendo sus ojos aterrorizados fijos en Máximo. Eso le impidió ver al arquero del primer vehículo estrellado, que corría a lo largo del muro en un intento de escapar. Espachurró al hombre entre las ruedas de su carro y el muro de la arena en el preciso instante en que Máximo pasaba a galope junto a él y le asestaba un golpe mortal con su afilada espada. El carro se estampó contra el muro a una velocidad fenomenal, lanzando un diluvio de fragmentos sobre la multitud.

Los gladiadores arrastraron dos carros destruidos hasta colocarlos en plena pista de carreras para obligar a los otros vehículos que continuaban dando vueltas a la arena a ir más despacio.

Máximo, que perseguía a otro vehículo, se inclinó sobre la grupa de su montura y asió una de las lanzas que se habían clavado en la arena. Alcanzó al carro y arrojó la lanza con tal fuerza que la punta atravesó tanto al lancero como al conductor, abriéndose paso a través de la coraza y los órganos vitales.

Otro carro viró detrás de Máximo y se le acercó peligrosamente. El conductor ya se disponía a acabar con él cuando Máximo dirigió su caballo hacia uno de los vehículos estrellados y lo hizo saltar por encima. El perseguidor no vio el obstáculo a tiempo y su carro chocó con él, dando vueltas en el aire.

Máximo hizo girar a su montura al llegar al extremo del estadio y echó a galopar hacia los dos carros que se precipitaban sobre él en una vacilante formación, como si hubieran decidido librar un combate singular con aquel temible enemigo. Por un momento los tres contrincantes parecieron fundirse entre sí. Máximo esquivó las hojas de la rueda de uno de los carros con un ágil salto al tiempo que decapitaba al conductor del otro. Después se volvió e hincó la espada en el primer conductor, cuyo carro se estrelló contra una columna, matándolo a él y a su arquero.

Los gladiadores cayeron sobre los ocupantes de los vehículos restantes y los ejecutaron con brutal eficiencia.

Máximo detuvo a su montura y miró alrededor. Todos sus oponentes estaban vencidos. Desmontó, y su grupo de gladiadores empapados en sangre y sudor y orgullosamente victoriosos fue a su encuentro para flanquearlo.

Haken se encontraba entre ellos.

En las gradas, la multitud se mostraba encantada. Dos pretorianos impresionados por las hazañas de Máximo cruzaron la mirada.

Y en la arena, Máximo, por primera vez como combatiente, alzó su brazo derecho, con la espada en alto, haciendo la señal tradicional con que los gladiadores proclamaban haber vencido a la muerte. La multitud aplaudió con entusiasmo su valerosa y electrizante victoria.

39

En el palco imperial, Lucio rebosaba admiración. Lucila contemplaba al héroe del casco.

Cómodo llamó con un ademán a Casio, el maestro de ceremonias del Coliseo. El emperador parecía estar de muy buen humor.

—La historia no es mi fuerte, Casio —dijo con jovialidad—, pero ¿los bárbaros no deberían perder la batalla de Cartago?

—Sí, alteza. Perdóname, alteza —le respondió Casio con aterrorizada deferencia y voz temblorosa.

Más de un hombre había sido ejecutado *ad bestia* —arrojado a los leones— por menos que eso.

—Oh, no me ha disgustado —dijo Cómodo—. De hecho, me gustan las sorpresas. —Señaló a Máximo—. ¿Quién es?

—Lo llaman el Hispano, majestad —le informó Casio, respirando de nuevo con tranquilidad.

—Me parece que hablaré con él —dijo Cómodo.

—Sí, majestad —contestó Casio y fue en busca de Máximo.

La multitud aclamó a Máximo y a los demás gladiadores mientras se dirigían a la puerta.

De pronto dos grupos de pretorianos vestidos de negro llegaron corriendo de ambos extremos de la arena y rodearon a los luchadores. Un capitán salió por una puertecilla lateral y les ordenó que tiraran las armas.

Los gladiadores dejaron caer sus espadas y lanzas.

—Tú, gladiador —llamó el capitán a Máximo—. El emperador quiere verte.

—Estoy al servicio del emperador —dijo Máximo, sintiendo que el corazón le daba un vuelco. Era el momento que tanto había esperado. Se volvió para ver a Cómodo entrar en la arena y aproximarse a él con una sonrisa en los labios. Aquélla sería su oportunidad.

Al ver una flecha rota medio enterrada en la arena, Máximo se arrodilló. Mientras los otros gladiadores se postraban también, Máximo cerró poco a poco los dedos alrededor del astil de la flecha.

Cómodo venía hacia él, sonriente y rodeado por su séquito. Máximo advirtió que Lucila los observaba desde el palco y empezó a respirar agitadamente tras la visera de su casco. Se preparó para entrar en acción..., el emperador cada vez estaba más cerca..., Cómodo seguía viniendo hacia él, saludándolo con una sonrisa..., todavía más cerca..., pronto estaría lo bastante cerca para que Máximo pudiera atacar. Preparó su brazo para asestar el golpe...

Y de pronto Lucio, que había salido corriendo desde las gradas, se escabulló por entre el séquito y tomó de la mano a Cómodo.

Cómodo rió y colocó al muchacho ante sí, volviéndolo hacia el héroe gladiador.

—Levántate, levántate —le indicó a Máximo—. Has sabido hacer honor a tu fama, Hispano. Creo que nunca ha habido otro gladiador como tú. ¡Y este muchacho opina lo mismo! Insiste en que eres Héctor renacido..., ¿o era Hércules?

Máximo no podía atacar. Lucio se interponía entre él y su objetivo.

—Pero ¿por qué el héroe no se descubre y nos dice a todos cuál es su verdadero nombre? —sugirió Cómodo.

Máximo, inmóvil como una estatua, guardó silencio. El sonido de su respiración se intensificó.

—¿Tienes nombre? —inquirió Cómodo con apremio.

—Me llamo Gladiador —respondió Máximo, y acto seguido dio media vuelta y se alejó.

Darle la espalda al emperador constituía un insulto inconcebible. El grito de sorpresa de la multitud se oyó con nitidez.

—¡Cómo te atreves a mostrarme la espalda! —siseó Cómodo.

Pero Máximo continuó andando a través de la arena.

Cómodo dirigió una inclinación de cabeza a Quinto, el capitán de la guardia, quien hizo una seña a sus pretorianos.

El público miraba, tenso y callado.

Un pelotón de pretorianos entró en la arena, cortándole el camino a Máximo. Los guardias se plantaron delante de él con las espadas desenvainadas.

Por fin, Máximo se detuvo.

—Ahora te quitarás el casco y me dirás tu nombre, esclavo —ordenó Cómodo, alzando la voz para que todos lo oyeran.

Máximo giró sobre sus talones y quedó de cara a él. Sabía que no tenía elección. Sus manos subieron despacio hasta la visera y, de golpe, la apartaron, revelando su rostro.

Cómodo lo miró, atónito.

Quinto se había quedado boquiabierto.

Lucila, asombrada, se llevó la mano a la boca.

Máximo habló con voz clara que destilaba orgullo.

—Me llamo Máximo Décimo Méridas, capitán del Ejército del Norte, general de los ejércitos del oeste, leal servidor del verdadero emperador, Marco Aurelio —dijo.

Un silencio fruto de la perplejidad se adueñó del Coliseo.

Después Máximo se volvió hacia Cómodo y, bajando la voz pero sin apartar la vista del hombre que sin duda pronto lo mandaría matar, llevó a cabo su último acto de desafiante voluntad.

—Soy padre de un hijo asesinado y esposo de una mujer asesinada y vengaré sus muertes, en esta vida o en la próxima.

Los dos hombres se sostuvieron la mirada con ojos llenos de odio.

A continuación Cómodo se volvió hacia sus pretorianos y les hizo una seña.

—¡Armas! —ordenó Quinto.

Los pretorianos alzaron sus espadas y se dirigieron hacia Máximo.

La muchedumbre reaccionó con una tempestad de abucheos, manifestando a gritos su desaprobación. En las gradas surgió un bosque de pulgares levantados, gesto con el que el público exigía a Cómodo que dejara vivir a su héroe.

Los pretorianos, con las espadas desenvainadas, sin saber qué hacer, se volvieron hacia el emperador, aguardando su orden.

Cómodo, anonadado y pugnando por ocultar su furia, contempló al pueblo de Roma. Su multitud... ¿aclamaba a su peor enemigo?

Lentamente y con gran dificultad, forzó a sus labios a sonreír. Interpretando el papel de emperador clemente y misericordioso, alzó el pulgar.

Y el gentío profirió un gran rugido de satisfacción. Empezó a corear su nombre: «¡Máximo! ¡Máximo! ¡Máximo!»

Lucila no salía de su asombro. Gayo y los senadores retrocedieron, impresionados por los vítores entusiastas de la muchedumbre.

¡En toda la larga historia del Coliseo nunca se había visto cosa igual!

Contemplando la escena desde las gradas había otro rostro demudado: el de Cicerón, que había servido a Máximo en el ejército. Cicerón miró a su antiguo señor con incredulidad, al tiempo que se le agolpaba en la mente un sinfín de posibilidades.

Máximo se dio la vuelta y, al frente de sus gladiadores, se encaminó hacia la rampa que llevaba a las profundidades del Coliseo y salió de la arena entre un auténtico caos. Los guardias y los pretorianos trataron de mantener el orden, pero la multitud invadió la palestra mientras otros gladiadores subían en turba desde de los túneles.

Máximo se abrió paso a través del gentío y se dispuso a abandonar la rampa. Pero entonces se detuvo y giró hacia la arena, atraído por la intensidad de las aclamaciones que retumbaban en el espacioso anfiteatro. Mientras miraba atrás con ojos tan pétreos como el granito, se dijo: «La batalla aún no ha terminado.»

40

El emperador de Roma entró en la sala de estatuas del palacio todavía ataviado con la vestimenta de gala púrpura y dorada que se había puesto para ir a los juegos y con el polvo de la pista del Coliseo pegado a las suelas de sus sandalias. Tembloroso y a punto de perder el control sobre sí mismo, atravesó la antigua estancia que albergaba las dos gigantescas estatuas de los dioses Hércules y Verinio.

Se dirigió hacia el busto de Marco Aurelio y clavó los ojos en él. Después soltó un chillido y montó en cólera. Cómodo atacó con su *gladius* la cabeza de mármol negro de su padre, aullando de furia como un niño entre las chispas que saltaban de la hoja.

Después un silencio de muerte se apoderó de la estancia.

41

La cena se desarrollaba como de costumbre en la escuela de gladiadores de Próximo. Uno a uno, los hombres recogían la comida de un escotillón.

Haken y Juba se sentaron en el mismo banco que Máximo y se pusieron a devorar su cena.

—¿Máximo? —dijo Haken entre un enorme bocado y otro.

—Sí —respondió Máximo.

—¿Has dirigido legiones? —preguntó el gigantesco alemán—. ¿Has obtenido muchas victorias?

—Sí —dijo Máximo.

—¿En Germania? —inquirió Haken con intención.

—En muchos países —contestó Máximo.

Haken lo contempló en silencio.

—¡General! —llamó el cocinero desde detrás del escotillón.

Máximo se levantó, recibió su cuenco de comida y se sentó a cenar. Después titubeó, fijando la vista en el cuenco y preguntándose qué contendría.

Juba lo vio vacilar.

—Ahora tienes una gran reputación —lo tranquilizó—. Antes de matarte tiene que matar tu reputación.

No obstante Máximo, sin quitar ojo del cuenco, seguía sin comer. Al ver que no se decidía, Haken extendió el brazo hacia su cuenco, tomó una gran cucharada y se la llevó a la boca. Luego miró a Máximo, como diciéndole «¿Lo ves?». Y un instante después se atragantó y empezó a toser violentamente, llevándose las manos a la garganta con el paroxismo de dolor de un hombre envenenado.

Entonces sus convulsiones cesaron de pronto y se echó a reír. Máximo y los demás prorrumpieron en carcajadas, celebrando la broma del recio germano.

42

Lucila avanzaba con paso rápido y decidido por un largo pasillo en el oscuro palacio. Se detuvo delante de las puertas de la sala del trono con todo el cuerpo en tensión e hizo acopio de valor antes de entrar.

Cómodo estaba tranquilamente sentado detrás de su escritorio, firmando documentos. Absorto en su tarea, pasaba de una hoja a otra y continuaba firmando mientras un escribiente lo observaba trabajar.

A Lucila la sorprendió constatar que, a diferencia de los últimos días, no estaba furioso. Se acercó a su escritorio.

Cómodo la miró.

—¿Por qué vive todavía? —preguntó.

—No lo sé —dijo ella.

—No debería estar vivo —se lamentó su hermano—. Eso me molesta. Estoy terriblemente molesto.

Lucila observó cautelosa a su hermano, esperando un estallido de rabia. Cómodo despidió al escribiente. Después se levantó y pasó junto a ella.

—Hice lo que tenía que hacer —dijo, volviéndose hacia su hermana—. Si nuestro padre se hubiera salido con la suya, el imperio se habría desintegrado. Lo entiendes, ¿verdad?

—Sí —asintió Lucila.

—¿Qué sentiste al verlo? —preguntó Cómodo sin apartar los ojos de su rostro.

—No sentí nada —aseveró Lucila, escogiendo sus palabras con mucho cuidado.

—Él te hizo mucho daño, ¿verdad?

—No más del que yo le hice a él.

La gélida impasibilidad de su tono pareció convencer a su hermano. Cómodo fue hacia el ventanal y contempló la Roma nocturna.

—En Germania me mintieron —dijo—. Me dijeron que había muerto. Si me mienten, es que no me respetan. Si no me respetan, ¿cómo van a amarme?

—Tienes que hacer saber a las legiones que la traición no quedará impune —opinó Lucila.

Cómodo la contempló con admiración.

—No quisiera ser tu enemigo, querida hermana.

—¿Qué piensas hacer entonces? —preguntó Lucila.

Máximo yacía despierto en la cama de su oscura celda cuando oyó aproximarse a un guardia. Se levantó de un salto, temiendo que se tratara de asesinos.

El guardia entró en la celda y soltó su cadena de la pared.

—Por aquí —ordenó.

Hizo salir a Máximo al pasillo. El general avanzó delante del guardia, atento a cada movimiento y con los músculos en tensión a la espera de la súbita puñalada por la espalda o el ataque en masa al que no podría hacer frente.

El guardia llevó a Máximo a una celda vacía al final del pasillo y volvió a encadenarlo a la pared. Después giró sobre sus talones y se marchó.

Una mujer encapuchada y envuelta en una capa salió de las sombras. Era Lucila.

Máximo la miró y su expresión se endureció.

—Las damas ricas saben ser generosas con los valientes campeones que les dan placer —dijo Lucila con timidez.

Máximo tuvo que reprimir el impulso de estrangularla allí mismo.

—Sabía que tu hermano enviaría asesinos —dijo—, pero no pensé que fuera a enviar al mejor de ellos.

—Máximo, mi hermano no sabe... —comenzó a decir Lucila.

—¡Quemaron a mi familia y crucificaron vivo a mi hijo! —la interrumpió Máximo, escupiendo las palabras como si fueran veneno.

—Yo no sabía nada de eso —se defendió ella—. Tienes que creerme.

—No me mientas —dijo él.

—He llorado por ellos —afirmó Lucila.

—¿Así como lloraste por tu padre? —se burló Máximo abalanzándose sobre ella con las manos inmovilizadas detrás de la espalda, y sólo la cadena unida a la pared detuvo su feroz acometida.

—Desde ese día he vivido en la prisión del miedo —dijo Lucila, angustiada—. No poder llorar a tu padre por miedo a que tu hermano te lo haga pagar muy caro, vivir en el terror cada minuto de cada día porque tu hijo es heredero del trono... He llorado por todos ellos.

—Mi hijo era inocente —dijo Máximo.

—El mío también —respondió Lucila con vehemencia.

Máximo la observó en silencio, respirando entrecortadamente. Y por fin, poco a poco se relajó.

—¿Debe morir mi hijo, también, antes de que confíes en mí? —le preguntó Lucila.

Máximo desvió la mirada, embargado por una negra amargura.

—¿Qué importa que confíe en ti o no? —preguntó.

—Los dioses te han perdonado la vida —dijo ella—. ¿Es que no lo entiendes? Hoy he visto a un esclavo tornarse más poderoso que el emperador de Roma.

—¿Y de qué me sirve que me hayan perdonado la vida? —replicó él—. Estoy a su merced, y sólo tengo el poder de divertir a una turba.

—¡Eso es poder! —exclamó ella—. La turba es Roma. Mientras Cómodo los controle, lo controla todo. —Bajó la voz en un desesperado intento de llegar hasta él—. Escúchame. Mi hermano tiene muchos enemigos, sobre todo en el senado. Pero mientras la gente lo seguía, nadie osó plantarle cara..., excepto tú.

—Se oponen a Cómodo, pero no hacen nada —espetó Máximo.

—Algunos políticos, y un hombre en particular, han dedicado toda su vida a Roma —dijo Lucila—. Si puedo concertar un encuentro, ¿hablarás con él?

Máximo la miró.

—¿Es que no lo entiendes? —dijo—. Quizás esta misma noche me maten en esta celda. O en la arena mañana. Ahora sólo soy un esclavo. ¿Qué esperas de mí?

—Ese hombre quiere lo mismo que tú —aseveró Lucila.

—¡Pues entonces que mate él a Cómodo! —soltó Máximo, enfurecido.

Al contemplarlo, Lucila comprendió que Máximo estaba decidido a rechazar todo cuanto le dijese o cualquier idea que le expusiera.

—Hace tiempo conocí a un hombre —dijo—, un

hombre noble y de elevados principios que quería a mi padre y a quien mi padre quería, ¡y ese hombre prestó grandes servicios a Roma!

—Ese hombre ya no existe —murmuró Máximo—. Tu hermano ha hecho bien su trabajo.

—Deja que te ayude —imploró Lucila, obligándolo a mirarla.

—Sí, puedes ayudarme —dijo él—. Olvida que me has conocido. No vuelvas aquí nunca. ¡Guardia! —gritó, sacudiendo los barrotes de la puerta—. La dama ya ha terminado conmigo.

El guardia abrió la puerta y sacó a Máximo de la celda.

44

Un joven oficial legionario permanecía en posición de firmes bajo el sol abrasador que bañaba el patio imperial. En el cuadrángulo cerrado no soplaba un hálito de brisa.

—¿Cómo te llamas? —preguntó Cómodo.

—Julián Craso, majestad —contestó el oficial, asustado al verse en presencia del augusto gobernante.

—¿Cuánto tiempo pasaste en Germania? —preguntó Cómodo.

—Dos años —respondió el joven Craso, goteando sudor.

Había otro oficial, rígidamente inmóvil, junto al primero. Cómodo se detuvo ante él.

—¿Y tú cómo te llamas? —preguntó.

—Marco, majestad —dijo el segundo oficial, con la voz temblorosa.

—Igual que mi padre —comentó Cómodo con divertida ironía.

—Serví a vuestro padre con orgullo durante veintitrés años, majestad —dijo Marco, hablando en un tono más firme.

Cómodo asintió y se reunió con un muy nervioso

Quinto, que había estado observándolos desde un lado del patio a la sombra de una gran estatua del emperador Trajano. Detrás de él había un pelotón de arqueros pretorianos, con sus potentes arcos largos apoyados en el suelo.

—Tenían que saber que Máximo no había muerto —le dijo Cómodo—. ¿Cuándo encontraron los cuerpos de los otros cuatro?

—Pensaron que había sido una incursión de los bárbaros —le explicó Quinto apretando los labios—. Cuatro de nuestros mejores hombres murieron.

Cómodo lo miró con el ceño fruncido.

—Son buenos soldados —dijo Quinto, refiriéndose a los dos oficiales legionarios de rostro sombrío que continuaban en posición de firmes detrás de ellos—. Son leales al emperador.

Cómodo, sin despegar la vista de él y en silencio, pareció recapacitar. Después le hizo una brusca seña con la cabeza al capitán de los arqueros.

—Cargad los arcos y preparaos para disparar —ordenó el capitán.

Los arqueros ajustaron sus flechas y tensaron las cuerdas de sus arcos.

Y entonces Cómodo tuvo una idea. Rodeó la cintura de Quinto con el brazo y lo llevó hasta la hilera de arcos listos para disparar.

—Entonces quizás eras tú quien lo sabía y nunca me lo dijo —murmuró—. ¿Lo sabías o no lo sabías?

—Yo no... No lo sabía —balbució Quinto.

—¿No lo sabías? —preguntó Cómodo con sarcasmo—. Pero si un general debe saberlo todo. Tiene que controlar la situación, ¿verdad?

—Sí, césar —dijo Quinto.

Cómodo lo miró fijamente. Después se colocó entre los dos legionarios vueltos hacia los arqueros, que habían empezado a temblar debido al esfuerzo de mantener tensados sus arcos. Echó los brazos en torno a los hombros de los oficiales y besó en la mejilla primero a uno y después al otro.

—Entonces da la orden —dijo a continuación.

Quinto salió tambaleándose de la línea de fuego y se volvió hacia el emperador, que permanecía quieto entre las dos víctimas. No podía hacerlo.

—Adelante..., «general» —se burló Cómodo.

Quinto se irguió y dio la orden.

—¡Fuego! —ladró.

Los arqueros dispararon. Los dos legionarios se desplomaron con el pecho erizado de flechas de guerra. Cómodo pasó por entre ellos y se alejó, sin haber sufrido un solo rasguño.

45

Cubierto con su capa, el senador Graco subía lentamente por las largas escaleras que conducían al interior del Coliseo, mientras una fina nube de polvo caía desde las gradas, más arriba. Se oía el fragor de la multitud, y nada en su rostro o su actitud revelaba que al senador le entusiasmara lo más mínimo lo que estaba haciendo.

Apareció en una de las empinadas gradas superiores y miró hacia la arena. El Coliseo estaba lleno de alegres y vociferantes romanos. No parecían un pueblo triste, oprimido o hambriento, sino feliz de tener ocasión de evadirse con aquel cruel entretenimiento.

Acababa de terminar un combate particularmente sangriento y varios grupos de esclavos estaban limpiando la arena. Uno de ellos ataba los cadáveres a una yunta de mulas y se los llevaba a rastras, recogiendo por el camino varios miembros cercenados. Otro grupo echaba arena limpia para cubrir la sangre y las vísceras esparcidas por el suelo.

Graco bajó por los escalones y se unió a Falco y otros senadores en el palco de los dignatarios.

—¡Senador Graco! —exclamó Falco, sorprendido—. No os vemos a menudo disfrutando de los placeres del pueblo llano.

—Jamás he pretendido ser un hombre del pueblo —repuso Graco—, pero sí trato de serlo para el pueblo.

Los senadores dejaron escapar una risita.

Casio, el empresario del Coliseo, entró por el arco principal que dominaba la arena y contempló a la muchedumbre. No había un solo asiento vacío, y todos los espectadores habían empezado a corear el nombre de su héroe. «Máximo... Máximo... Máximo...»

Una puerta se abrió en un extremo del óvalo y una docena de grandes carromatos tirados por mulas entró en la arena. Los vehículos estaban cubiertos por lonas, por lo que la multitud los observó con renovado interés. Los vehículos quedaron distribuidos en posiciones equidistantes a lo largo del perímetro de la arena.

Casio hizo una seña con la cabeza a su maestro de música. Los tambores redoblaron y las trompetas sonaron, y después se hizo el silencio. El público estaba fascinado.

—Y ahora, pueblo de Roma —dijo Casio con voz de trueno—, el cuarto día del mes de Antíoco..., celebraremos el sexagésimo cuarto día de los juegos..., y como prueba de la incesante benevolencia del césar y de la riqueza del imperio... ¡Mirad!

Cuadrillas de sirvientes quitaron las lonas de los carros, revelando que estaban llenos a rebosar de hogazas. Los mozos empezaron a lanzarlas a las gradas. Más sirvientes aparecieron en los niveles superiores del anfiteatro y se pusieron a arrojar pan a las gradas que tenían debajo. Era un auténtico diluvio de abundancia.

La multitud prorrumpió en aclamaciones y se apresuró a recoger las hogazas.

Casio aprovechó la oportunidad que le ofrecía aquel interludio bufo de hacer una pausa en su agotadora oratoria para beber varios sorbos de agua.

El emperador escogió aquel momento en que la adrenalina y la atmósfera fluían por las venas de su gente para entrar en escena. Cómodo fue directamente a la barandilla del palco imperial.

La multitud aplaudió al emperador y a aquella extraña y nueva sorpresa. Estaban encantados.

Cómodo alzó los brazos, empapándose de su adoración. Lucila salió al palco detrás de él.

La muchedumbre se puso a comer con avidez engullendo pan mientras gritaba el nombre de Cómodo.

En las celdas de espera, Próximo observaba a Máximo acabar de ponerse su armadura. El nuevo estallido de vítores del público llegó hasta ellos con toda claridad.

—Sabe manipular a las masas —comentó Próximo.

—Marco Aurelio tuvo un sueño que era Roma, Próximo —dijo Máximo—. Esto no es lo que soñó.

—Marco Aurelio está muerto, Máximo —le recordó Próximo—. Los mortales no somos más que sombras y polvo..., sombras y polvo.

Los carromatos cargados de pan se retiraron de la arena y la multitud aguardó expectante la siguiente sorpresa.

—En su majestuosa caridad —anunció Casio—, hoy el emperador se ha dignado obsequiar al pueblo de Roma con un histórico combate final. En el Coliseo de nuevo después de cinco años sin luchar..., el césar se complace en presentaros... ¡al único campeón invicto de la historia romana!

Los espectadores enloquecieron. Nada les gustaba más que lo sorprendente y lo inesperado, y adoraban a quienquiera que se lo proporcionase.

—¡El legendario Tigris de Galia! —gritó Casio a voz en cuello.

La multitud estalló en un paroxismo de alegría cuando Tigris entró en la arena sobre un carro dorado.

Tigris, que ya había cumplido los cuarenta, era un hombre imponente cuyo musculoso cuerpo y rostro brutal y lleno de cicatrices testimoniaban sus muchos años en la arena. Un peto de plata labrada con figuras de tigres brillaba sobre sus correajes de grueso cuero negro, y el sol de mediodía arrancaba destellos a su reluciente casco en forma de cabeza de tigre. El campeón recorrió la pista de carreras de la arena sobre su carro con el brazo alzado en un gesto de desafío. El gentío rugió como nunca lo había hecho antes.

46

Tigris aguardaba inmóvil en el centro de la arena. Iba armado con una aterradora hacha de guerra de filo tan afilado como una navaja y cuyo lomo se estrechaba hasta terminar en un amenazador espolón. Su otro brazo empuñaba una gran espada de hoja ancha tan firmemente que más parecía una prótesis que un arma.

La multitud contuvo la respiración en una espera ansiosa.

—Y llegado desde los promontorios rocosos y las estirpes marciales de la temible Hispania —atronó Casio desde el gran arco—, en representación del liceo de adiestramiento de Elio Próximo..., el césar se complace en ofreceros a... ¡Máximo el guerrero!

Los espectadores aclamaron a Máximo y gritaron su nombre.

Máximo salió por su puerta. Los alaridos de la muchedumbre se volvieron todavía más ensordecedores. La estrella de los gladiadores sólo llevaba una espada corta y un escudo redondo de metal plateado, e iba con la cabeza desnuda, desprotegida.

Los seguidores de Máximo habían incrementado considerablemente tanto su número como su fervor.

Entre los espectadores que habían acudido a presenciar aquel combate había un grupo que por lo común se mantenía alejado de esos deportes sangrientos por considerarlos demasiado vulgares y aburridos: una compañía de soldados. Eran legionarios de la campaña de Germania, con Valerio y Cicerón, el antiguo sirviente de Máximo, entre ellos.

Habían venido a ver con sus propios ojos si era verdad que su amado general aún vivía. Y cuando estuvo lo bastante cerca de ellos para que pudieran reconocerlo sin lugar a dudas, los veteranos se miraron entre sí... e intercambiaron exultantes apretones de manos. Trataron de atraer la atención de Máximo llamándolo a gritos, pero sus voces se confundieron con las de todos los seguidores que gritaban su nombre.

En el palco imperial, Cómodo tampoco apartaba los ojos de Máximo.

—Lo reciben como si fuera uno de los suyos —dijo.

—La plebe es voluble y caprichosa, hermano —afirmó Lucila—. Dentro de un mes lo habrán olvidado.

—¿Un mes? No, mucho antes que eso... —dijo Cómodo con maliciosa satisfacción.

Lucila miró a su hermano, sin entender a qué se refería.

—Todo está arreglado ya —se limitó a decir Cómodo.

En la palestra, Máximo observaba a Tigris. «¿Sólo un hombre con un hacha y una espada? —pensó—. Algo va mal. ¿Qué estoy pasando por alto?» Se aseguró de mantener los ojos bien abiertos y mirar en todas direcciones mientras se acercaba al famoso luchador y se detenía a un par de metros de él.

Máximo y el veterano combatiente se miraron a los ojos y se saludaron, y después Tigris se volvió hacia el palco imperial y alzó su espada.

La multitud esperaba anhelosa las palabras inmortales, pero sólo Tigris las pronunció.

—*Morituri te salutant!* —gritó el gigantesco gladiador—. Los que van a morir te saludan.

Máximo no dirigió la vista hacia el palco imperial ni saludó. Lo que hizo fue inclinarse, tomar un puñado de arena y restregarse las palmas de las manos con él.

Tigris bajó la visera de su impresionante casco de plata. Le cubría toda la cara, convirtiéndola en un fantasmagórico rostro de acero interrumpido únicamente por las ranuras para los ojos y la boca.

El público le dedicó una tempestad de vítores y silbidos cuando Tigris atacó sin perder ni un instante, lanzando tajos y mandobles mientras giraba a toda velocidad sobre sí mismo. Máximo paraba sus golpes y contraatacaba.

Los aceros se movían vertiginosamente y con idéntica brutalidad. Los dos hombres golpeaban y detenían los golpes con la celeridad del rayo, atacando y defendiéndose al mismo tiempo. Sus fuerzas parecían estar igualadas.

A pesar de ello, Máximo atacó vehementemente con la imperturbable seguridad en sí mismo que guiaba sus movimientos durante la batalla. La edad estaba de su parte, se encontraba en su mejor forma y nunca lo vencían, nunca. No iba a morir aquel día.

Mientras luchaba, Máximo cobró conciencia de un ruido muy extraño, una especie de rumor sordo apenas audible por encima del rugido de la multitud. Continuó moviéndose en círculos mientras volvía la cabeza de un lado a otro, pero no logró determinar su origen. Entonces sintió algo, una curiosa vibración en el suelo.

Tigris inició un nuevo ataque, y mientras Máximo daba un paso atrás para desviar el golpe, una trampilla se abrió en la arena detrás de él y un enorme y rugiente tigre de Bengala surgió de ella y saltó sobre él. Las gigantescas garras de la bestia dejaron surcos ensangrentados en la espalda de Máximo, que rodó frenéticamente por el suelo para alejarse de ellas, temiendo ver al tigre cayendo sobre él en cualquier momento. Se levantó y tensó los músculos... y reparó en que el tigre estaba sujeto a tres largas cadenas que asían tres hombres apostados junto al muro. Manejaban las cadenas a través de una rueda central hundida en el suelo de la arena, lo cual permitía que el equipo de apoyo de Tigris no corriera peligro.

Tigris supo aprovechar la momentánea confusión de Máximo y arremetió con la espada y el hacha, obligándolo a retroceder mediante pura fuerza bruta. Máximo consiguió esquivar por un pelo las zarpas del tigre de Bengala y reaccionó, empujando a Tigris en una nueva dirección. Después empezó a moverse en círculos alrededor de él, sondeando sus defensas, y se disponía a atacar de nuevo cuando una segunda trampilla se abrió de pronto junto a él y otro tigre de Bengala subió a la carrera por una rampa para abalanzarse sobre él.

Máximo rodó en busca de una nueva posición y siguió luchando, mientras otros dos tigres escondidos surgían del suelo para acometerlo.

Ahora cuatro feroces tigres marcaban las cuatro esquinas del campo de batalla. Tigris reanudó sus implacables embestidas. Obligado a ponerse a la defensiva —conteniendo los golpes de Tigris al tiempo que esquivaba los ataques de las cuatro fieras—, Máximo buscó en vano un punto débil.

¡Y de pronto los cuatro tigres pasaron a estar mucho más cerca! Los equipos que los controlaban estaban soltando tramos de las cadenas, reduciendo poco a poco las dimensiones del campo de batalla.

Cada vez que Tigris se encontraba cerca de uno de los animales, los hombres de la esquina tiraban de la cadena que lo sujetaba, obligándolo a retroceder. Pero cuando era Máximo quien se encontraba cerca de un tigre, entonces soltaban un poco más de cadena.

El público rugía. ¿Quién querría ver un combate justo cuando podía disfrutar de semejante exhibición? Aquello era auténtico drama: un gran luchador acosado por la muerte en su apariencia más letal y hermosa. Los espectadores se levantaron, aullando en un éxtasis sediento de sangre.

Máximo y Tigris siguieron luchando en una vorágine de acción hasta que, al final, la mayor rapidez de movimientos de Máximo empezó a proporcionarle una ventaja infinitesimal. Saltando hacia delante, pasó por debajo del afilado borde del hacha con que Tigris hendía el aire y chocó contra su cuerpo. Los dos cayeron al suelo en el mismo instante en que un tigre lanzaba un zarpazo al rostro de Máximo.

Echando la cabeza hacia atrás, Máximo rodó sobre sí mismo y se levantó de un salto..., para alzarse sobre un Tigris agotado y colocarle la espada en la garganta. Tigris jadeó, sin aliento y aturdido por aquel brusco giro de los acontecimientos.

Pero entonces el «arreglo» de Cómodo entró en acción. De pronto uno de los equipos de apoyo de Tigris hizo trampa y liberó a su tigre. La fiera saltó sobre Máximo, que apenas tuvo tiempo de volverse. Levantó su escudo en el mismo instante en que el tigre caía sobre él, derribándolo. Sin embargo, impulsó la espada hacia arriba mientras su cuerpo impactaba en la arena. El acero atravesó el lomo del tigre. La fiera continuó lanzándole zarpazos hasta que murió.

Tigris dispuso de los escasos segundos necesarios para incorporarse, empuñar su hacha de guerra y prepararse para atacar.

Máximo estaba atrapado bajo el pesado cuerpo del tigre muerto, sin escapatoria. Haciendo acopio de fuerzas imploradas a los dioses, Máximo logró extraer el escudo de debajo de los trescientos kilos de la fiera y lo arrojó contra Tigris como si fuera un disco. El escudo hendió el aire y se estrelló contra el casco del gigante, echándole la cabeza hacia atrás y abollando la visera justo lo suficiente para cegarlo por unos momentos.

Tigris se vio obligado a soltar su hacha de guerra para tratar de subir su visera hundida, al tiempo que, desesperado, asestaba mandobles a ciegas con la espada.

Máximo, retorciéndose hasta que logró sacar medio cuerpo de debajo del tigre muerto, recogió el hacha de guerra caída y la dejó caer con todas sus fuerzas. El espolón atravesó el pie de Tigris, dejándoselo clavado a la pista del estadio. Máximo se liberó por completo del cuerpo del tigre, esquivó los frenéticos vaivenes de la espada de Tigris y se arrojó sobre el gigante, tirándolo al suelo.

Después asió el hacha de guerra y se levantó sobre Tigris. Alzó el hacha, dispuesto a descargar el golpe de gracia, y miró a Cómodo.

Como un solo hombre, los extasiados y rugientes espectadores volvieron los ojos hacia el emperador. El rugido bajó un poco de intensidad cuando la multitud contuvo la respiración.

Cómodo, con el rostro desencajado y esforzándose por ocultar su furia, se irguió lentamente y caminó hacia el extremo del palco imperial. Miró a Máximo y después alzó el brazo para dar la fatídica señal del pulgar vuelto hacia abajo.

Máximo alzó el hacha sobre el caído Tigris como si fuera a matarlo..., pero de improviso la tiró al suelo junto a la cabeza del hombre. El vencedor se había negado a ejecutar al gladiador caído.

—Has luchado con honor —le dijo a su enemigo vencido.

La multitud jadeó en una gran inhalación colectiva. El silencio se adueñó de las gradas por un momento, pero enseguida lo hizo pedazos un rugido estruendoso, que amenazaba con reventar los tímpanos.

Nadie gritaba más fuerte que Cicerón y sus camaradas.

La oleada de vítores recorrió todo el Coliseo en

una atronadora celebración del acto de clemencia y del delicioso acto de desafío al mismísimo emperador.

Una tempestad de aclamaciones hizo vibrar la arena. El canto de «¡Máximo! ¡Máximo! ¡Máximo!» aumentó de intensidad hasta volverse ensordecedor.

Cómodo giró sobre sus talones y desapareció del palco imperial.

En la arena, Máximo miró en torno a sí, aceptando las alabanzas de la muchedumbre.

El senador Graco, que hasta hacía unos instantes se había limitado a presenciar de mala gana el combate desde el palco de las personalidades, también observaba con agudo interés la reacción de la multitud.

Máximo se encaminó hacia el túnel por el que los gladiadores salían del Coliseo. De pronto aquella sección de la arena se llenó de pretorianos que, con las manos sobre las empuñaduras de sus espadas, le cortaban el paso.

El tono de los espectadores cambió súbitamente, y de sus bocas empezaron a salir abucheos horrorizados.

Los pretorianos rodearon a Máximo y se quedaron inmóviles. Aunque estaba desarmado, Máximo se preparó para enfrentarse al inevitable ataque mortífero.

Entonces los pretorianos abrieron una brecha en su círculo. Cómodo pasó por entre ellos y se acercó al gran luchador.

Máximo le clavó la vista mientras el gentío contemplaba con nerviosa expectación el nuevo acontecimiento: el emperador y el gladiador, por fin cara a cara.

Máximo y Cómodo se miraron a sólo un brazo de distancia. Los espectadores no alcanzaban a oír lo que decían, pero todos estiraron el cuello en un desesperado esfuerzo por observar aquel increíble enfrentamiento.

—¿Qué voy a hacer contigo? —preguntó Cómodo—. No hay manera de que mueras, ¿eh?

Máximo guardó silencio.

—Vuelvo a tenderte la mano —dijo Cómodo con afabilidad, y extendió el brazo hacia él.

Máximo no hizo ademán de tomarlo.

—¿Tan distintos somos tú y yo? —inquirió Cómodo, y su voz se tornó arisca—. Tú quitas la vida cuando tienes que hacerlo, al igual que yo.

—Todavía he de poner fin a una vida más —dijo Máximo—. Entonces habré terminado.

—Pues entonces ponle fin ahora —lo incitó Cómodo con indiferencia.

Hubo un silencio cargado de incertidumbre. La trampa no podía ser más obvia, pero aun así Máximo tuvo que recurrir a toda su fuerza de voluntad para no lanzarse de cabeza a sus fauces. Si daba aunque sólo fuese un paso hacia Cómodo, los pretorianos lo rajarían igual que a una pera podrida, obligados por un solemne juramento que les exigía hacerlo.

Máximo se dio vuelta y empezó a alejarse.

Cómodo miró a sus pretorianos. Después habló en voz baja y suave, todavía representando el papel de emperador bondadoso ante la multitud que no oía sus palabras.

—Me han contado que tu hijo chilló como una muchacha cuando lo clavaron a la cruz —dijo.

Máximo se paró. Después se volvió hacia él.

Los pretorianos se pusieron en guardia, listos para reaccionar. Algunos de ellos bajaron los ojos, avergonzados.

—Y tu esposa gimió como una ramera cuando la

violaron una vez y otra... y otra —prosiguió Cómodo pausadamente.

Tambaleándose de furia, Máximo tragó aire.

—El tiempo que dedicas a honrarte a ti mismo no tardará en llegar a su fin —dijo a continuación con un hilo de voz.

Después giró sobre sus talones y, dando de nuevo la espalda al emperador, se fue.

¡Y la multitud enloqueció! Todos aplaudieron al gladiador desafiante, su campeón. «¡Máximo! ¡Máximo! ¡Máximo!», coreaban.

Muchos espectadores se pusieron en contra del emperador y, entre risas e insultos, se burlaron de él arrojando comida y basura a la arena.

Cómodo, tan rígido como una estatua, siguió con la mirada a Máximo mientras se alejaba. Se obligó a exhibir una sonrisa indulgente, fingiendo que aceptaba la decisión con ecuanimidad. Sin embargo, por dentro lo corroía una hirviente marea de odio bilioso.

Desde el palco de los senadores, Graco observaba la escena con creciente fascinación. ¿Realmente acababa de ver a la plebe arrojarle comida y basura al emperador? ¿La había visto reírse de él? ¡Aquellos actos de increíble valentía eran delitos penados con la horca! Y todo eso lo había inspirado un hombre extraordinario y resuelto.

Pese a la distancia que los separaba en la arena, Lucila pudo leer los pensamientos de Graco y sonrió para sus adentros.

Una vez despojado de su armadura y su espada, Máximo salió de la gran arena y enfiló la calle. Iba rodeado de pretorianos, que mantenían a raya a la entusiasta muchedumbre de admiradores.

Cuando le vio salir de la arena, Cicerón trató de abrirse paso a través del gentío para llegar hasta él.

—¡General! ¡General! —gritó.

Máximo continuó andando sin ver ni oír nada. La multitud seguía gritando su nombre: «¡Máximo! ¡Máximo!» Dando un rodeo, Cicerón logró adelantar a la gente y esperó en el lugar por donde tenía que pasar su antiguo capitán.

—¡General! —volvió a gritar.

Máximo avistó a Cicerón un poco por delante de él y reconoció a su antiguo sirviente. Desviándose un poco hacia él, pensó a toda velocidad mientras andaba y empezó a alzar la mano para rozar las manos extendidas de sus muchos admiradores. Los guardias optaron por permitir que lo hiciera.

—Cicerón... —dijo mientras los pretorianos obligaban a retroceder al sirviente después de que su mano hubiera entrado en contacto con la de Máximo—. ¿Dónde estáis acampados? —preguntó, alzando la voz para hacerse oír por encima del estruendo de la multitud.

—¡En Ostia! —gritó Cicerón antes de que lo engullese el gentío. Echó a correr y, abriéndose paso de nuevo entre la gente, se deslizó al lado de Máximo cuando éste pasó junto a él. Los dos hombres mantuvieron una apresurada conversación.

—¿Cuánto tiempo lleva la legión en Ostia? —preguntó Máximo.

—Todo el invierno —respondió Cicerón.

—¿Quién está al mando?

—Un idiota enviado por Roma.

—¿Qué tal están los hombres?

—Engordan. Se aburren —dijo Cicerón.

—¿Cuánto tardarían en estar listos para luchar? —inquirió Máximo.

—¿Por ti, mi señor? Mañana estarían listos —aseguró Cicerón con orgullo.

Los pretorianos obligaron a Cicerón a regresar con la multitud mientras el cortejo reanudaba la marcha. Máximo tuvo que seguir calle abajo. Pero Cicerón tenía una cosa más que decirle. Corriendo por delante de la aglomeración, se situó otra vez a la cabeza de la comitiva. Abriéndose paso por entre el gentío, cruzó corriendo la calle por delante de la procesión.

Máximo lo vio y se echó a un lado para pasar cerca de él.

Esta vez Cicerón tenía un pequeño bulto en la mano, y extendió el brazo hacia Máximo en cuanto éste se aproximó a él. Máximo tomó el objeto en el mismo instante en que los guardias volvían a avanzar hacia ellos. Aprovechando lo que sabía que sería una última y breve oportunidad, abrazó a Cicerón.

—¡Escúchame con atención, Cicerón! —dijo en voz baja—. Tienes que hacer algo por mí. Contacta con Lucila, la hermana del emperador, y dile que hablaré con su político.

Cicerón asintió y desapareció entre la multitud antes de que los pretorianos pudieran llegar hasta él.

Máximo irguió la cabeza y echó a andar hacia el recinto de Próximo. Echó un vistazo a lo que Cicerón le había puesto en la mano: era una bolsita de cuero. Estrechándola entre sus dedos, siguió caminando.

En cuanto se halló solo en su celda de la escuela de Próximo, Máximo extrajo la bolsita de cuero de los pliegues de su túnica y se sentó en un alféizar para que nadie viera lo que hacía. Aflojó el cordón de la bolsa y en su interior encontró dos figurillas de los antepasados que Cicerón debía de haber tomado de su mesa de campaña en el frente del Danubio.

Las figurillas que Cicerón había salvado para él eran las de su esposa y su hijo.

Máximo las contempló con reverencia, conmovido y debatiéndose con un torrente de emociones.

—¿Te oyen? —preguntó de pronto una voz.

Máximo emergió poco a poco de su meditación y alzó la mirada. Juba lo observaba.

—¿Quiénes? —inquirió Máximo.

—Tu gente —dijo Juba—, en la otra vida.

—Sí —respondió Máximo, contemplando las figurillas.

Juba reflexionó en silencio.

—¿Y qué les dices? —preguntó después.

Máximo miró a su amigo.

—A mi muchacho, le digo que baje los talones cuando monte a caballo —murmuró—. Y a mi esposa... Eso es un asunto privado.

Juba sonrió.

49

Todos los braseros de la elegante sala del trono estaban encendidos, como para que su luz mantuviera alejada a la noche.

Para un emperador que tenía miedo de la oscuridad, aquélla era la noche más negra y aterradora que jamás hubiera conocido.

Visiblemente nervioso y dando grandes zancadas de un lado a otro, Cómodo se dirigía a una audiencia compuesta por una sola persona: el senador Falco.

—¡Un emperador no puede reinar si no es amado! —dijo—. ¡Y ahora aman a Máximo por su clemencia, así que no puedo matarlo porque eso me haría parecer todavía más despiadado! ¡Es como una gigantesca y retorcida pesadilla!

—Os está desafiando —contestó Falco—, y cada una de sus victorias constituye un acto de desafío. La plebe lo sabe; el senado lo sabe. Se envalentonarán un poco más a cada día que Máximo siga con vida. Esto es algo más que un mero capricho pasajero: es el comienzo de la oposición. Debes asesinarlo.

—¡No! ¡No lo convertiré en un mártir! —gritó

Cómodo, reanudando sus incesantes idas y venidas. Cuando se volvió de nuevo hacia Falco, al cabo de unos momentos, ya estaba un poco más calmado—. Hoy me presenté ante el senado —dijo—, y les expliqué a propósito que iba a utilizar las reservas de trigo para pagar los juegos, porque quería averiguar cómo reaccionarían. ¿Y viste lo que ocurrió?

—Nada —dijo Falco.

—Exactamente —asintió Cómodo—. ¡Nada! Ni una sola palabra de protesta. Incluso el insolente senador Graco permaneció más callado que un ratón. ¿Por qué?

Cómodo se detuvo delante de una ventana y contempló la oscuridad que reinaba sobre la ciudad que en teoría gobernaba.

—Me han hablado de cierta serpiente marina que se sirve de un método de lo más curioso para atraer a su presa —dijo Falco—. Se acuesta en el fondo del mar como si estuviera herida. Entonces sus enemigos se aproximan a ella, pero la serpiente permanece inmóvil. Y después sus enemigos empiezan a darle pequeños mordiscos. Aun así, la serpiente sigue sin moverse. Y sólo cuando todos sus enemigos se han puesto al descubierto...

Miró a Cómodo con ojos expectantes.

—En ese caso, debemos quedarnos quietos y dejaremos que nuestros enemigos vengan a mordernos —concluyó Cómodo.

—Sí, césar —dijo Falco inclinándose ante él en señal de asentimiento.

—Manda vigilar a todos los senadores —dijo el emperador—. Quiero informes diarios.

Volvió a mirar por la ventana. Divisaba los muros del Coliseo que se alzaban en la lejanía, por encima de las casas.

En la calle principal, muy por debajo de él, ya estaban izando un estandarte adornado con el rostro heroico de Máximo.

50

Había sido el hombre para todo de Máximo. Cicerón, en su calidad de intermediario, negociador y suministrador de primera clase especializado en atender todas las necesidades del general en el ejército, era la persona indicada para aquel trabajo.

Localizar a Lucila fue la parte más sencilla, porque para eso bastaba con ir al palacio imperial. Pero encontrar un lugar donde pudiese acercarse a ella lo suficiente para hablarle sería mucho más difícil.

Cicerón se apostó en la gran avenida comercial que discurría por debajo del palacio, y desde allí observó a la gente que entraba y salía por la puerta principal. Los tenderos de la calle le informaron de quiénes integraban el séquito de Lucila, y de las horas del día en que se la veía volver de sus quehaceres reales.

Pasó dos días vigilando la avenida. Al tercero, a esa hora ideal en que las calles estaban más concurridas, una enorme y grotesca máscara de Cómodo seguida por un rostro caricaturesco de Máximo hicieron su aparición. Una compañía de actores callejeros invadió la vía pública obstruyendo el tráfico, y empezó a representar una pantomima que despertó un nervioso interés en los transeúntes. Un enano vestido como el emperador Cómodo lloraba como un bebé al recibir los golpes que le propinaba un actor disfrazado de heroico gladiador Máximo.

Cicerón, que estaba atravesando la calle, se detuvo a observar la pantomima..., hasta que de pronto los actores se dispersaron entre la multitud.

Pretorianos de negras capas se abrieron paso a empujones por la atestada avenida, despejando el camino para una litera que transportaba a un personaje de sangre real.

Cicerón, que seguía en la calle, vio por entre los pliegues de las cortinas laterales a Lucila recostada en el interior de la litera. Absorta en sus pensamientos y con los ojos bajos, la hermana del emperador no prestaba atención a la activa vida de la calle por la que circulaba.

Cicerón había sabido escoger su momento. Esperando a que la litera de Lucila se hallara un poco más cerca, empezó a avanzar hacia ella. El vehículo estaba rodeado de guardias y Lucila hacía caso omiso de la multitud.

Discretamente presentes también, dos hombres con ropa corriente no perdían de vista al séquito. Uno estaba muy ocupado recogiendo información mediante un ojo ciego y la costumbre de torcer el cuello para mirar por el bueno, y frecuentaba la taberna donde se reunían Graco, Gayo y los otros senadores. Miembro de la policía secreta de Falco, había pasado varios días vigilando a los senadores en los que Cómodo menos confiaba. Ahora espiaba los movimientos de la hermana del emperador.

Cicerón se acercó un poco más a la litera de Lucila, con lo que sólo consiguió que los pretorianos lo obligaran a retroceder. Un instante después volvía a avanzar hacia ella, fingiendo ser un mero ciudadano más que quería ver de cerca a la realeza.

Cuando el cortejo pasó junto a él, Cicerón extendió la mano hacia la litera como mendigando.

—¡Mi señora! —gritó—. ¡Serví a tu padre en Vindobona!

Lucila oyó aquella voz y volvió la cabeza hacia ella sin prestarle mucha atención.

Los pretorianos se interpusieron de nuevo entre la litera y Cicerón, que corrió al otro lado del cortejo.

—¡Y serví al general Máximo! —musitó en cuanto estuvo lo bastante cerca para tener la certeza de que Lucila oiría sus palabras.

Aquello dio resultado. Lucila detuvo a su séquito y ordenó a los porteadores que dejaran la litera en el suelo. Después le pidió una moneda a un sirviente.

Cicerón se aproximó a la litera, humildemente inclinado y con la mano extendida. Esta vez, los altivos pretorianos permitieron que el mendigo pasara entre ellos.

—Todavía lo sirvo —informó Cicerón a Lucila en voz baja.

Un fugaz destello de sorpresa brilló en los ojos de Lucila. Después se dirigió a los pretorianos que rodeaban a Cicerón.

—Apartaos —les mandó y le ofreció la moneda a Cicerón—. Por tu lealtad, soldado.

Cicerón se postró junto a la litera de Lucila, tomó la moneda y le besó la mano. Mirándola a los ojos, susurró:

—El general quiere que sepáis que hablará con vuestro político —susurró, mirándola a los ojos.

Acto seguido hizo otra reverencia y desapareció entre la gente.

Lucila, con la vista fija al frente y el rostro inexpresivo, ordenó a su séquito que reanudara la marcha.

51

La escuela de Próximo estaba a oscuras y en silencio, y los atletas aprovechaban para dormir el poco tiempo de que disponían entre las duras sesiones de entrenamiento y los demasiado frecuentes combates en la arena.

El propio instructor estaba despierto y activo, y se presentó en la celda de Máximo. Lo guió por primera vez a sus ornados aposentos sin darle explicación alguna. Al llegar a la puerta, Máximo se quedó paralizado.

Lucila y Graco se encontraban en aquella sala con poca luz y repleta de recuerdos, esperándolo. Los dos parecían fuera de lugar: Lucila con una capa color púrpura oscuro y un pañuelo de seda que le ocultaba el rostro y que entonces apartó; Graco con su majestuosa toga blanca de ribete violeta que sólo la clase senatorial tenía permitido lucir.

—Déjanos —le pidió Lucila a Próximo, quien les hizo a ella y a Graco una respetuosa reverencia antes de marchar.

—El senador Graco —dijo Lucila para presentárselo a Máximo.

Graco inclinó la cabeza y estudió a Máximo con atención.

—General —dijo—. Espero que mi presencia aquí hoy sea prueba suficiente de que puedes confiar en mí.

La mirada de Máximo revelaba que no estaba convencido de nada.

—¿El senado está contigo? —preguntó.

—¿El senado? —contestó Graco—. Sí, puedo hablar en su nombre.

—¿Puedes comprar mi libertad y ayudarme a salir de Roma? —preguntó Máximo sin rodeos.

—¿Con qué fin? —quiso saber el senador.

—Sácame del recinto de las murallas de la ciudad. Ten dispuestos caballos para que me lleven a Ostia. Mi ejército está acampado allí. Dos días después, al caer la noche, habré vuelto al frente de cinco mil hombres.

Graco quedó horrorizado.

Lucila fue más rápida en comprender las implicaciones de lo que Máximo acababa de decir.

—Pero todas las legiones tienen nuevos capitanes leales a Cómodo —manifestó.

—Deja que mis hombres vean que sigo vivo —dijo Máximo—, y sabrás a quién son leales.

—Esto es una locura —replicó Graco—. Ningún ejército romano ha entrado en la capital desde hace cien años.

Estaban pidiéndole que accediera a romper una de las grandes leyes no escritas de la vida política romana: los capitanes no guiaban sus legiones a la península itálica. Al menos respetaban la farsa de que en Roma el poder y la autoridad pertenecían al senado y al pueblo. Los cinco emperadores que precedieron a Cómodo habían respetado la tradición sin vacilar.

—Graco... —Lucila se impacientaba por esa actitud que parecía reticencia política.

—No cambiaré una dictadura por otra —interrumpió él. No conocía la profundidad del carácter de Máximo ni de sus intenciones y sólo podía esperar lo peor.

—Ya no queda tiempo para charlas ni medias tintas —dijo Máximo con brevedad.

—Y después de tu glorioso golpe te llevarás a tus cinco mil guerreros y... ¿te irás? —Graco se mostraba escéptico.

—Me iré —respondió Máximo—. Los soldados se quedarán para protegeros bajo las órdenes del senado.

—Una vez que toda Roma sea tuya —dijo Graco—, ¿se la devolverías al pueblo sin más?

La respuesta de Máximo consistió en una mirada fija y penetrante.

—Dime por qué —inquirió Graco.

—Porque fue el último deseo de un hombre antes de morir —contestó Máximo y luego añadió, con toda serenidad—: Mataré a Cómodo. El destino de Roma te lo dejo a ti.

Graco miró a Lucila. Ella asintió con la cabeza.

—Marco Aurelio confiaba en ti —dijo Graco—. Su hija confía en ti. Por eso yo también lo haré.

Máximo le agradeció sus palabras con un ligero gesto de la cabeza.

—Pero nos queda muy poco tiempo —advirtió Graco—. Dame dos días. Recurriré a toda mi influencia. Y tú... —Tendió la mano a Máximo, quien la tomó con firmeza—. Manténte con vida.

52

Máximo hacía calentamientos en la rampa. Ejercitaba estocadas y fintas con la espada, armado y a la espera, escuchando el creciente clamor de la multitud allá en la gran arena. Ese sonido significaba ahora algo diferente para él: poder. Un poder que él tenía la posibilidad de ejercer. Poder para vengar el asesinato de su mujer y su hijo. Poder para cumplir por fin el mandato de un gran hombre cuyos deseos se habían visto truncados por su monstruoso hijo.

El rugido de la muchedumbre creció de pronto al abrirse las puertas de golpe. El griterío irrumpió junto con la luz cegadora: «¡Máximo! ¡Máximo!»

Se incorporó y tomó su espada. Parecía la estatua de un dios con la silueta recortada contra el fulgor del sol. Corrió rampa arriba y emergió de las sombras a la resplandeciente arena en medio de una explosión de aplausos: «¡Máximo! ¡Máximo! ¡Máximo!»

Lucila estaba de pie en el balcón de sus aposentos, desde donde se dominaba la ciudad. Oía las aclamaciones del público del Coliseo, los vítores palpitantes que resonaban por toda la metrópoli: «¡Máximo!

¡Máximo! ¡Máximo!» Sabía que él estaba allí luchando y que un solo descuido podía hacerlo perecer de forma trágica. Si moría, se llevaría consigo sus esperanzas y las de muchos otros, entre ellos su difunto padre. La angustia se reflejaba en su rostro.

En la sala central de su gran casa de la colina Palatina, el senador Graco escuchaba el vocerío que llegaba de la ciudad mientras se afanaba en preparar una gran cantidad de dinero.

Un criado lo ayudaba a meter ese dinero en una bolsa de piel mientras por las ventanas abiertas entraba como un eco el mismo himno que escuchaba Lucila. Era el distante pero inconfundible clamor de la muchedumbre del Coliseo: «¡Máximo! ¡Máximo!»

—Te estará esperando —le dijo Graco al criado, un joven bello y con ojos de cierva que tenía una expresión grave—. Aguarda junto al pie del coloso. Él te encontrará.

Le dio la bolsa e hizo un rápido gesto con la cabeza.

El joven sirviente de Graco se abrió paso entre la multitud que abarrotaba la calle, ignorante de que un agente de la policía secreta de Falco lo seguía.

Delante de él, Próximo estaba sentado en la terraza de un establecimiento, cerca de aquel curioso monumento que era todo cuanto quedaba del coloso: un gigantesco pie de piedra.

Observaba la escena que se desarrollaba ante sus ojos. Parecía mirar en torno a sí sin interés, distraído con los cómicos de la feria, cuando en realidad estaba atento al criado de Graco.

Para su disgusto, un cómico callejero egipcio que hacía juegos malabares con huevos para ganarse unas monedas le tapó la vista del pie del coloso.

Al fin vio al criado de Graco acercarse al gran pie y esperar allí. Próximo se relajó entonces y no se movió más que para dar un trago a la bebida, sonriendo al ver las payasadas del malabarista. Poco después, mientras bostezaba, inspeccionó la calle. Había vivido mucho tiempo en el cinturón escorpión de Roma como para desconocer qué precauciones había que tomar. Al volver con disimulo la cabeza, su recelo se vio justificado. Vio a un hombre que estaba matando el tiempo de una forma que no le gustó. Se trataba del espía tuerto de Falco.

Próximo miró de nuevo en dirección al pie gigante con ojos más atentos. Sabía que el espía que había seguido al criado de Graco tenía un motivo para estar allí. Era una trampa.

De la lejana arena llegaba el grito de la multitud: «¡Máximo! ¡Máximo!» El bello muchacho de Graco observó al egipcio recoger todos los huevos y marcharse. Aguardó pacientemente junto al pie, con la bolsa llena de dinero, pero nadie se le acercó.

La mesa a la que Próximo había estado sentado estaba desierta. El astuto instructor —que una vez había sido también campeón de gladiadores— tenía un poderoso instinto de supervivencia. Sabía cuándo había que desaparecer.

Lucila, que se encontraba en sus aposentos escribiendo cartas, no podía evitar escuchar el retumbante vocerío del Coliseo: «¡Máximo! ¡Máximo!» De pronto, la muchedumbre calló, y Lucila dejó la pluma y se dirigió a la ventana. Allí permaneció de pie en aterrorizada espera. Pronto se oyeron gritos de júbilo y el clamor se reanudó: «¡Máximo! ¡Máximo! ¡Máximo!»

Se le iluminó el rostro. Él seguía con vida, había salido victorioso de la batalla una vez más.

53

Dos guardias llevaron a Máximo a los aposentos de Próximo después de la puesta de sol. Entró en la sala impetuoso y expectante; estaba impaciente por actuar, ansiaba llevar a cabo el plan. Próximo, que estaba mirando por la ventana, se volvió y despidió a los guardias. Miró a Máximo y negó con la cabeza.

—Lo he intentado —aseguró—. No saldrá bien. El emperador sabe demasiado. En cuanto a mí, esto se ha vuelto demasiado peligroso —hizo un gesto de abandono.

—Te pagarán a mi regreso —dijo Máximo—. Te doy mi palabra.

—¿Tu palabra? —repuso Próximo con ironía—. ¿Y qué sucederá si no regresas? —El amo de los esclavos se encogió de hombros con indiferencia para mostrar que él enfocaba el asunto desde un punto de vista más práctico.

—¿Recuerdas qué es tener fe, Próximo? —inquirió Máximo apenas conteniendo el disgusto por la naturaleza egoísta de aquel hombre.

—¿Fe? —contestó Próximo—. ¿Creer en alguien sin razón aparente? —Sacudió la cabeza, divertido—. ¿Y en quién debo tener fe?

Máximo lanzó a Próximo una intensa mirada que le transmitió a su entrenador la confianza que tenía en sí mismo. Era todo lo que tenía.

—Mataré a Cómodo —aseguró.

Próximo lo miró con severidad, estudiándolo. Luego sonrió.

—¿Por qué habría yo de desear eso? ¡Me ha hecho rico!

Sin embargo, muy a su pesar, la fuerte convicción de Máximo le había demostrado la profundidad de su alma.

—Sé que eres un hombre de palabra, general —dijo—. Sé que morirías por honor, o por Roma, o por la memoria de tus antepasados. Yo, en cambio, no soy más que un hombre del mundo del espectáculo.

Lo que Próximo quería decir era que aquélla era una causa perdida. Se volvió y señaló a los guardias que esperaban fuera.

—Lleváoslo —ordenó.

La penetrante mirada de Máximo se clavó en los ojos de Próximo.

—Mató al hombre que te dio la libertad —dijo.

Próximo le devolvió una mirada del todo inexpresiva. Después hizo otro gesto al guardia para que se lo llevara.

Los pasos de Máximo se alejaron a medida que el guardia lo conducía de nuevo a su celda.

Próximo se quedó solo en la puerta. El rudio, la espada ceremonial de madera que le había regalado Marco Aurelio, descansaba sobre la mesa. Extendió el brazo y la tocó. Contempló con añoranza el símbolo de su libertad.

54

La noticia sobre el espía de Falco no tardó en transmitirse de Próximo a Graco, de éste a los demás senadores y, por último, a Lucila. Se había descubierto la conspiración y sus vidas estaban de pronto colgadas de un precipicio. Lucila, que no se amedrentaba ante ninguna amenaza, reaccionó para alejarlos del borde del abismo.

Regresó de inmediato al palacio y se dirigió directamente a la boca del lobo: la habitación de su hermano. Él se había enterado de algo y tal vez sospechaba el resto, pero ella desconocía cuánto sabía ya. ¿Tendría acaso idea de que su odiado Máximo estaba al frente de una conspiración contra su imperio? No era probable, porque de ser así el techo del palacio ya se habría venido abajo.

Hasta entonces, su magia siempre había obrado efecto en Cómodo; lo había calmado, había desvanecido sus miedos paranoicos, había apaciguado su ira. Elevó una oración a los dioses para no fracasar en esa ocasión, cuando todo estaba en juego.

Al llegar frente a la puerta de la habitación, ésta se abrió, y el senador Falco salió seguido por dos hombres. Eran los dos espigadores, los cosechadores de información de una Roma dominada por las intrigas; los espías de Falco.

Al pasar, el senador hizo una reverencia a Lucila. Ella escudriñó su rostro, pero no pudo leer nada en él.

Correspondió a su reverencia y miró a los hombres que lo acompañaban. Por sus ropajes comunes y su aspecto, intuyó de inmediato quiénes y qué eran: espías que acaban de comunicar más secretos. Con el corazón latiendo a toda prisa, entró a enfrentarse a su hermano.

Cómodo estaba sentado al otro extremo de la sala, contemplando un modelo en miniatura del Coliseo. Lucila cruzó la habitación hasta llegar junto a él.

—¿Dónde has estado? —preguntó él—. Te he mandado buscar.

—Hermano, por favor —contestó, y se sentó en la cama a su lado.

Él alzó la mano y le acarició el pelo.

—¿Qué te preocupa? —preguntó ella.

—¿Tiene Graco un nuevo amante? —dijo él con una sonrisa.

—No lo sé. —Lucila empezó a inquietarse.

—Creía que lo habías visto. Ya hace tres noches que sale y regresa muy tarde. Piensa que no me he enterado.

—Déjale que guarde sus secretos —dijo Lucila—. No puede hacer mucho daño.

—No tiene secretos —replicó Cómodo con firmeza, en un tono diferente, frío—. Graco corrompe a todo el mundo como una fiebre putrefacta. Por el bien de la salud de Roma, hay que sangrar al senado.

—Con una sonrisa gélida, le retiró un mechón de pelo de la mejilla—. A él también lo sangrarán... muy pronto.

Un destello de angustia asomó al rostro de Lucila. Mientras la mano de su hermano le acariciaba la mejilla, lo miró a los ojos.

—Pero esta noche no —dijo.

Cómodo, embelesado por su cercanía, por la placidez de su dulce voz, percibió en esas palabras un mensaje que deseaba oír y que le hacía olvidar otras preocupaciones. Empezó a relajarse un poco.

—¿Recuerdas lo que dijo una vez nuestro padre? —preguntó—. «La vida es un sueño, un sueño horrible.» ¿Lo recuerdas?

—Sí —contestó Lucila tumbándose en la cama—. Lo recuerdo.

Él se inclinó sobre ella y le tocó la cara con extrema suavidad, recorriendo sus pómulos con los dedos.

—¿Crees que es verdad? —preguntó.

—No lo sé —contestó Lucila.

Cómodo le acarició los labios carnosos con los dedos.

—Yo creo que sí —continuó él—, y sólo puedo compartirlo contigo. Abre la boca.

Ella entreabrió los labios. Él pasó un dedo por sus brillantes dientes.

—Ya sabes que te quiero —dijo Cómodo.

—Yo también te quiero —respondió ella. Entonces se percató de la intensidad de su mirada.

Escapó deprisa del hechizo de sus ojos y se apresuró a salir del palacio.

Máximo, tumbado en su camastro a oscuras, aferraba con una mano sus figurillas, consciente de que cerrar los ojos supondría arriesgarse a morir degollado de manera ignominiosa mientras dormía. No era ésa la forma en que quería reencontrarse con sus antepasados.

Con la mirada perdida en la oscuridad, no tardó en oír unos pasos que se acercaban a la zona de las celdas. Cómodo pronto atacaría, estaba seguro. Tal vez había llegado el momento. Se preparó para afrontar el peligro.

Sin embargo, fue Próximo quien apareció y abrió la puerta del cubículo. En lugar de pedirle que saliera, entró e hizo señas a Juba, que acababa de despertar de un sueño profundo en el camastro contiguo.

—¡Fuera! —le ordenó—. ¡Sal ahora mismo!

Cuando Juba hubo salido al pasillo dando tumbos, Próximo se volvió hacia Máximo con una ligera sonrisa de malicia.

—Enhorabuena, general —dijo—. Tienes amigos muy persuasivos. —Y se hizo a un lado.

De pronto apareció Lucila y entró en la celda con rapidez. Próximo hizo una reverencia y se retiró.

Máximo se levantó del camastro, sorprendido de verla. Sin embargo, antes de que pudiese abrir la boca, ella comenzó a hablar a toda prisa y en voz muy baja.

—Mi hermano va a arrestar a Graco —susurró—. No podemos esperar más. Debes irte esta misma noche. Próximo te recogerá a medianoche y te conducirá a una puerta. Tu criado, Cicerón, estará esperándote con los caballos.

Máximo estaba conmovido.

—¿Has organizado tú todo esto? —preguntó—. Arriesgas demasiado.

—Tengo mucho por lo que pagar —dijo Lucila, y retrocedió como para marcharse.

—No tienes nada por lo que pagar —replicó Máximo—. Quieres a tu hijo y eres fuerte por él.

A ella se le humedecieron los ojos y se dio la vuelta para disimularlo.

—Estoy cansada de ser fuerte —dijo—. Mi hermano odia a todo el mundo, y a ti más que a nadie.

—Porque tu padre me escogió.

—No —respondió ella, haciéndole frente con estoicismo—. Porque mi padre te quería... y yo también.

Él le tomó las manos, las llevó a sus labios y las besó con ternura.

—Eso fue hace mucho tiempo —dijo.

—¿Tan distinta era entonces? —inquirió ella.

Él caviló por un momento, luego sonrió.

—Reías más —dijo.

Sus miradas se encontraron, y se abismaron en sus recuerdos.

—Debo irme —dijo ella.
—Sí —convino Máximo.
Pero ninguno se movió.
—Me he sentido sola toda la vida, menos contigo —declaró ella. Se dispuso a partir, pero él la retuvo, la atrajo hacia sí y se fundieron en un profundo beso. Era el primer beso que se daban desde hacía muchos, muchísimos años, y descansaron el uno en brazos del otro aunque sólo por un breve instante.

Por fin se separaron y se dirigieron una última mirada furtiva. Después, ella se internó de nuevo en la oscuridad de la noche.

56

Lucio jugaba con una espada de madera en el luminoso patio del palacio, practicando con sus dos mozos. Éstos, divertidos, asían cubos a modo de escudo y permitían que Lucio superase su defensa y los «matara».

Cómodo apareció y se quedó mirándolos, sonriendo ante aquella escena. Se acercó un poco, los criados interrumpieron el juego y se inclinaron ante él.

—Lucio —dijo Cómodo—, ¿no es un poco tarde para jugar a legionarios?

—No soy un legionario —repuso Lucio.

Cómodo tomó la espada de madera de uno de los mozos y se puso a jugar con el chico.

—¿No eres un legionario?

—Soy un gladiador —afirmó Lucio, arremetiendo con la espada.

—Un gladiador, ¿eh? —dijo Cómodo—. Los gladiadores sólo luchan en los juegos. ¿No preferirías ser un guerrero romano como Julio César?

Lucio adoptó una pose con la espada alzada en lo alto.

—Soy Máximo, el salvador de Roma —dijo el

muchacho. Después colocó la espada en posición de lucha y atacó a su tío.

Cómodo respondió al ataque del chico, pero tensó el cuerpo y saboreó la bilis que le subía a la boca al oír las palabras de su sobrino.

Lucila se apresuró hacia la habitación de su hijo. Miró alrededor y llamó a los criados.

—¿Dónde está Lucio?

De la sala contigua llegó una dama.

—Está con el emperador, señora —le informó.

Lucila salió disparada de la habitación. Corrió por los pasillos con rapidez, buscando a su hijo por todas partes. Se asomaba a todas las puertas abiertas en busca del chico. Topó con un criado.

—¿Dónde está Lucio? —preguntó Lucila desesperada—. No está en su habitación. ¿Lo has visto?

—No, señora —contestó el criado.

Lucila, temiéndose lo peor, abrió la puerta de los aposentos de su hermano.

Cómodo estaba sentado a una mesa con Lucio. Ante ellos había un pergamino abierto.

—Hermana, únete a nosotros —la invitó con una sonrisa terrorífica—. Estaba leyéndole a mi querido Lucio las aventuras del gran Julio César en Egipto.

—¡La reina se suicidó con una serpiente! —exclamó Lucio entusiasmado.

—Y espera a saber lo que les sucedió a otros antepasados nuestros —añadió Cómodo en un tono jovial, de narrador, sentando al chico en su regazo—. Si te portas bien, mañana por la noche te contaré la historia del emperador Claudio. —Cómodo miró a Lucila a los ojos—. Lo traicionaron... las personas más allegadas a él.

A Lucila le entraron ganas de vomitar. Cruzó la sala y se sentó temblorosa frente a ellos.

Lucio estaba ocupado examinando el pergamino, ajeno a la tensión mortal que reinaba en la habitación.

Cómodo le acariciaba el pelo con ternura, sin apartar la fría mirada de los ojos de Lucila.

—Pero el emperador Claudio sabía que tramaban alguna cosa —continuó Cómodo mientras observaba el terror de su hermana—. Sabía que eran unas hormiguitas laboriosas. Y una noche se sentó con una de ellas, la miró fijamente y dijo: «Dime qué has estado haciendo, hormiguita laboriosa, o acabaré con tus seres más queridos y me bañaré en su sangre en tu presencia.»

Lucila no le quitaba el ojo de encima a su hijo. Una lágrima le resbaló por la mejilla y el pulso se le aceleró.

—El emperador tenía el corazón roto —prosiguió Cómodo—. La hormiguita le había herido más de lo que nadie podría haberlo herido jamás. ¿Y qué crees que ocurrió entonces, Lucio?

—No lo sé, tío —contestó el niño nervioso, levantando la vista del pergamino.

—La hormiguita se lo contó todo —terminó Cómodo.

El corazón torturado de Lucila se retorcía de angustia.

57

A altas horas de la noche, toda actividad comercial había cesado en las inmediaciones del Coliseo y la paz se había apoderado de las calles. Era esa paz lo que traicionaba a unos pasos que resonaban entre los edificios siniestros, en sombras. El guardia de la puerta de la propiedad de Próximo, a punto de dormirse aquella relajante y clara noche, oyó esos pasos al principio muy distantes. Sin embargo, se despabiló por completo al atisbar las primeras luces de numerosas antorchas que doblaban una esquina lejana de la calle y se acercaban a toda prisa.

Próximo se encontraba en el rincón de una sala abigarrada, casi a oscuras, iluminada apenas por la llama vacilante de una lámpara. Estaba hurgando entre montones de objetos y recuerdos, y lanzaba algunos a un arcón de viaje que había abierto. Se preparaba para marchar, y no en viaje de placer.

Tomó el rudio, la espada ceremonial de madera. Por un instante, al contemplarla con añoranza, la placa de bronce del arma reflejó la luz de la lámpara. Guardó el rudio en el arca.

Se inclinó para recoger algunas prendas y entonces se quedó paralizado, escuchando. Oyó el ruido de unos pasos pesados que se aproximaban y supo con toda certeza de qué se trataba. En Roma, sólo había una clasificación para aquellos que marchaban por las calles marcando el paso con botas en mitad de la noche. En ese preciso instante, supo que iba a morir.

Los hombres que marchaban se acercaron, la luz de las antorchas se hizo más clara y el guardia de la puerta de Próximo los observó por un momento más antes de perderse en las sombras del interior del recinto. No dio la voz de alarma; pensó que de nada serviría. En cambió, huyó para salvar la vida.

La procesión marcial que se dirigía a la propiedad de Próximo se componía de hombres con casco, capa y armadura negras de la guardia pretoriana. Se trataba de una unidad de dieciséis hombres, todos con espadas cortas, algunos con lanzas, y otros con arco y flechas. También llevaban escudos curvos y redondos, ya que sabían que en el lugar adonde iban tal vez encontrarían resistencia. Lo cierto es que, esta vez, quizá se enfrentarían a una dura batalla en vez de a la cobarde parálisis con que solían reaccionar quienes recibían sus visitas nocturnas.

Próximo llevaba un manojo de llaves en la mano al cruzar el recinto a grandes zancadas, en dirección a las celdas. Casi había llegado a los barrotes del otro extremo cuando la unidad de la guardia pretoriana se hizo visible al otro lado de las puertas cerradas del recinto. Dieron un brusco giro militar y se colocaron en formación frente a la entrada.

—¡Abrid, en nombre del emperador! —gritó alto y claro el capitán pretoriano sin ver a Próximo en el interior, cerca del edificio de las celdas.

Próximo se detuvo por un instante sin volverse a mirarlos y prosiguió su camino.

58

Máximo se había levantado del camastro y esperaba de pie a la puerta de la celda, escuchando, incluso antes de que el capitán de la guardia gritara. También había oído los pasos de la marcha y sabía muy bien qué significaban.

Vio a Próximo aparecer por la puerta exterior y acercarse con las llaves en la mano. Desde detrás del instructor llegaron nuevas voces del capitán pretoriano que exigían que se abrieran las puertas, acompañadas por los golpes metálicos de las espadas contra los barrotes de la puerta del recinto.

Máximo contemplaba a Próximo a medida que se acercaba a la celda.

—Todo está dispuesto —dijo éste, y, con un extraño semblante, añadió—: Parece que te has ganado la libertad. —Le pasó a Máximo las llaves entre los barrotes.

—Próximo —dijo Máximo al tomarlas—. ¿Corres el peligro de convertirte en un buen hombre?

Próximo contestó con una austera sonrisa, luego se volvió y salió por la puerta.

Cruzó el recinto a la vista de la guardia pretoriana, con la mirada al frente, como si no hubiese reparado siquiera en la presencia de los asesinos uniformados.

Por un momento, los pretorianos no daban crédito. Aquel hombre caminaba sin ninguna prisa, haciendo caso omiso de ellos, sin huir despavorido, a diferencia de lo que estaban acostumbrados a ver.

Molestos por esa actitud, los cuatro pretorianos de la primera fila rompieron a gritar y a golpear las puertas causando más estrépito que nunca.

—¡El emperador ordena que abras las puertas, Próximo! —gritó el capitán.

—¿Quieres morir, viejo? —bramó el primer teniente—. ¡Esta noche todos los enemigos del emperador deben perecer!

Próximo continuó andando en calma y enfiló la escalera que conducía a sus aposentos.

—¡Romped las cerraduras! —ordenó el capitán a sus hombres, tan enfurecido por aquel desaire que habría masticado cristal molido.

En el interior del edificio de los esclavos, Máximo había abierto la puerta de su celda y tanto él como Juba habían salido.

Haken y el resto de los gladiadores esperaban a la puerta de sus celdas a que los liberasen también, ansiosos debido a esa inesperada oportunidad.

El estridente ruido que producían los pretorianos al martillear las cerraduras exteriores se oía con fuerza en el aire nocturno.

Calculando el tiempo que les quedaba en función del ruido que llegaba de fuera, Máximo le ofreció a Juba el manojo de llaves.

Juba las tomó y lo comprendió todo.

—¡Vete! —lo apremió.

—Fuerza y honor —añadió Máximo dando un breve apretón al brazo del númida.

Tras estrechar la mano de Haken a través de los barrotes, dio media vuelta y corrió hacia la puerta.

59

Las puertas exteriores de la escuela de Próximo se abrieron de par en par y los pretorianos entraron en fila de a dos. Una vez dentro, se dispersaron en busca de presas.

Máximo se lanzó en una carrera hacia el campo de entrenamiento de la parte trasera del recinto donde, en un extremo, había unas escaleras y un túnel.

Juba, Haken y los demás gladiadores salieron de repente del edificio de las celdas y se apresuraron a interponerse entre los pretorianos y Máximo, que huía. Habría sido una lucha reñida y sangrienta que los gladiadores bien podrían haber ganado de haber contado con algún arma. Sin embargo, se hallaban desarmados del todo, aunque eso no los detuvo. Atacaron a los pretorianos con sus manos desnudas y lucharon como osos pardos enfurecidos.

Obligado a retroceder, Haken soportó duros golpes de las espadas pretorianas, pero la mole de su cuerpo detuvo el avance de la guardia hasta que Máximo hubo llegado al otro extremo del recinto.

Tras cruzar el campo de entrenamiento, Máximo bajó corriendo por la escalera con barandilla, tomó una tea encendida y desapareció por el túnel subterráneo. Allí lo esperaban su espada de legionario y su armadura forjada del Regimiento Félix.

En el edificio de las celdas, Haken lanzó a un pretoriano sobre sus compañeros y consiguió arrebatarle la espada a uno de ellos. Luego se introdujo en la boca del túnel, de donde nadie fue capaz de moverlo, impidiendo así la persecución de Máximo.

Juba aplastó el cráneo de un pretoriano y le rompió a otro el brazo sólo con sus enormes puños de martillo. Dejó inconsciente a un tercer soldado con una violenta patada en la cabeza, pero luego él mismo recibió un golpe en la cabeza con un mazo y una estocada en el costado. Cayó al suelo inconsciente, sangrando, y lo dejaron en el pasillo, dándolo por muerto.

En el campo de entrenamiento, el capitán pretoriano gritó una orden a algunos de sus arqueros que habían trepado al tejado del recinto. En pocos segundos —¡zas, zas, zas, zas!—, la enorme masa del cuerpo de Haken quedó atravesada por cuatro flechas de guerra disparadas con fuerza desde bastante cerca. Le traspasaron el torso, de delante atrás. Bajó la mirada para ver los proyectiles, casi sin poder creer que estuvieran allí, y luego se desplomó en la puerta como un árbol derribado por un rayo. Su descomunal cuerpo aún obstruía el estrecho túnel.

Un contingente de pretorianos subió por la escalera de caracol que llevaba a los aposentos de Próximo.

Echaron la puerta abajo, las espadas dispuestas para atacar, prontas a hendirse en aquel animal acorralado en su guarida. Encontraron al viejo guerrero sentado al escritorio bajo la tenue luz de una lámpara, con el rudio, en la mano, dándoles la espalda.

Próximo sabía que le había llegado la hora.

—Polvo y sombras —dijo casi para sí. Aunque quizá también se dirigía a Marco Aurelio, que le había devuelto su vida por si le servía para algo. No se volvió para ver venir a la muerte.

Las espadas de los pretorianos lo acometieron sin compasión. Próximo recibió tres profundas heridas en el cuello y la espalda, una tras otra, muy deprisa. Murió con el rudio colgando a un lado, sujeto con fuerza por un puño cerrado y teñido del rojo de la sangre.

60

Máximo, vestido de nuevo con la armadura del Regimiento Félix y asiendo la familiar empuñadura de hueso de su espada de legionario, sintió que había vuelto a nacer. Corrió a lo largo del túnel de piedra que conducía al exterior de la escuela de Próximo mientras oía el ruido cada vez más lejano de la encarnizada pelea que dejaba atrás.

Frente a él vio el suave resplandor de la luna y unos escalones que subían.

Máximo ascendió con cautela la escalera y apagó la antorcha contra el suelo antes de llegar arriba. Salió por un arco bajo a un extraño callejón en penumbra, un pasadizo flanqueado por árboles entre los muros del recinto de Próximo y las altas murallas de la ciudad. El frondoso callejón parecía estar vacío. Máximo permaneció por un instante oculto en las sombras, mirando en derredor para sopesar la situación.

Del interior del túnel llegaba el sonido de los pasos de sus perseguidores. Los pretorianos se habían abierto paso entre los gladiadores y se acercaban con rapidez.

Las altas murallas de la ciudad se levantaban a un

lado de aquel pasaje oscuro y desértico. La pálida luz de la luna iluminaba los pilares desnudos y los antepechos del recinto de Próximo, al otro lado. No había escapatoria posible.

De repente, Máximo oyó un suave relincho.

Volvió la vista en dirección al sonido, avanzó con cuidado por la calle y vio dos caballos cerca de un árbol iluminado por la luna, uno con un jinete inmóvil sobre el lomo, a la sombra de la gran muralla. Caminó en silencio hacia los caballos, reduciendo la marcha a medida que se aproximaba a ellos. Al mirar de cerca al silencioso y umbrío jinete, distinguió su rostro a la luz de la luna; era Cicerón, sus característicos rasgos no dejaban lugar a dudas.

No obstante, Máximo tuvo la sensación de que algo andaba mal. Se refugió tras unas rocas y silbó. Cicerón se dio la vuelta.

—¡Máximo! —gritó—. ¡No!

De repente, el caballo se desbocó, Cicerón se vio arrancado de la silla por una soga que tenía atada al cuello y quedó colgado del árbol, balanceándose.

Máximo corrió y lo agarró por las piernas.

—Lo siento —alcanzó a decir el criado.

Desde un punto indeterminado, un siseo surcó el aire y media docena de flechas atravesaron el pecho y el cuerpo de Cicerón. Murió en unos segundos.

—¡No! —exclamó Máximo. Al oír unos pasos que se acercaban, se hizo a un lado y dio media vuelta empuñando la espada.

Los pretorianos se aproximaron por ambos lados. Desde arriba, los arqueros recargaron sus armas y le apuntaron con nuevas flechas.

Máximo retrocedió blandiendo su espada.

—¿Quién tendrá el placer? —rugió—. ¿Quién será el primero en morir?

Con calma y deliberación, los pretorianos estrecharon el cerco en torno a él. Sólo quedaba la esperanza de una huida. Máximo arrancó a correr hacia delante.

Un muro de escudos sostenidos por una sólida fila de pretorianos le impedía escapar.

Allá hacia donde se volviera, un mar de bronce se interponía en su camino, y ese muro se cerraba sobre él.

Se oyó una voz:

—Prendedlo vivo. —Una docena de hombres se abalanzó sobre él.

Cómodo tenía suficiente poder para extender los tentáculos de su venganza. Para él no se trataba más que de devolver el golpe a aquellos que le habrían robado su legítimo legado. Ya conocía la historia. Incontables emperadores antes que él se habían visto obligados a reducir a los conspiradores que codiciaban su poder. Los de corazón débil —los que habían tolerado y perdonado— no habían sobrevivido. Con la salida de un sol rojo como la sangre sobre la ciudad de Roma, Cómodo asestó su duro golpe.

Los actores callejeros representaban de nuevo con sus máscaras la burla de Cómodo cuando unas figuras vestidas de negro pasaron veloces a caballo y les lanzaron proyectiles de fuego. Los actores quedaron envueltos en llamas. La naturaleza pública de aquella represalia estaba calculada para inspirar terror a todos los que habían disfrutado del espectáculo.

Al alba, incluso antes de que los criados despertaran, el senador Gayo y su mujer fueron asesinados en su lecho, acuchillados por pretorianos sin uniforme que entraron por la ventana del patio con las espadas desenfundadas.

Unos minutos después, Graco paseaba por su jardín y daba de comer a las gallinas tranquilamente cuando una unidad de la guardia pretoriana irrumpió en su propiedad. Graco los miró y suspiró. Se dio la vuelta con serenidad para continuar su tarea, pero los pretorianos se lo llevaron a la fuerza.

Otros siete senadores murieron en sus casas, al igual que una cantidad desconocida de ciudadanos de a pie a quienes se acusó de haber despreciado o desacreditado de alguna manera al emperador Marco Aurelio Cómodo Antonino, *Imperator*.

Fue una purga sangrienta destinada a acabar con todo aquel que estuviera relacionado con la conspiración y con aquellos que hubiesen disgustado al inestable déspota de algún otro modo.

Cómodo se encontraba en el balcón de su dormitorio, contemplando la salida del sol sobre su magnífica ciudad mientras su criado personal lo vestía con una armadura de oro reluciente.

Era el atuendo que se ponía cuando quería sentirse como un dios.

Falco hacía oídos sordos a las extrañas historias que había escuchado acerca del emperador, pues estaba más preocupado por defender el estable *statu quo* que tanto lo beneficiaba que en molestarse por las leves faltas de aquel hombre.

Cuando lo hicieron pasar al dormitorio del emperador, se dirigió al balcón, junto a Cómodo.

—Ya está hecho —dijo.
—¿Graco? —inquirió Cómodo.
—Sí.

—¿Y los demás?
—Todos ellos.
—Muy bien —dijo Cómodo con una ligera sonrisa de satisfacción.

Aún quedaba una tarea pendiente en la limpieza de la casa y había llegado la hora de encargarse de ello. Cómodo despidió a Falco y volvió a su habitación hablando, al parecer, para sí.

—¿Y qué hay de mi sobrino? —se preguntó—. ¿Y qué hay de su madre? ¿Deberían compartir el destino de su amante? Cómodo, el compasivo.

Se volvió para mostrar su perfil, inmóvil como una estatua dorada y espléndida en las primeras luces de la mañana.

Al otro lado de la habitación, Lucila estaba sentada, rígida, aferrándose a su dignidad como si fuera su último recurso contra aquel ogro.

—Ahora Lucio se quedará conmigo —dijo Cómodo mientras caminaba hacia ella—. Y si su madre persiste en mirarme de esa manera que tanto me desagrada, el pequeño morirá. Si decide actuar con nobleza y quitarse la vida, también morirá. Y en cuanto a ti —dijo de pie junto a ella, mirándola con desdén—, me proporcionarás un heredero de sangre pura, para que Cómodo y su descendencia gobiernen durante mil años. Ése es tu destino. ¿No soy compasivo al fin y al cabo? —Sonrió y le acarició el cabello—. Bésame, hermana.

62

Cincuenta y cinco mil romanos, el aforo total del Coliseo, estaban reunidos, esperando. Se abanicaban con paciencia para soportar el calor y la falta de espacio mientras saciaban su sed con vino. Se había corrido la voz: nadie debía perderse el espectáculo. Pétalos de flores rojos como la sangre caían de las manos de cien criados situados en la grada más alta como lluvia sobre la arena.

Debajo, en los pasadizos interiores del gran anfiteatro, el ruido de las cadenas al arrastrarse por el suelo acompañaba las pisadas sordas de sandalias militares. Encadenado de pies y manos, Máximo recorría una serie de pasadizos, custodiado por un pelotón de pretorianos.

Estaba magullado y herido, pero no se doblegaba. Frente a sí no tenía más que la muerte, lo sabía, y aun así la esperanza de recibir una muerte de soldado lo mantenía en pie y con la cabeza erguida.

Pasaron por delante de una celda en la que había cincuenta gladiadores, entre ellos Juba y los luchadores supervivientes de Próximo. Cuando el númida vio acercarse a Máximo, herido como estaba, se puso en pie en un silencioso homenaje. Los demás gladiadores también se alzaron por el honor de aquel hombre que era uno de ellos, el guerrero que se había enfrentado a un emperador. Los pretorianos condujeron a Máximo por el pasadizo hasta un espacio abierto, donde había una volumimosa jaula, bajo el nivel de la arena. De allí salían túneles en todas direcciones. Haces de luz se colaban por los resquicios del techo en la polvorienta y casi total oscuridad; y, con la luz, llegaba también el vocerío de la gran muchedumbre.

Frente a la jaula, entre las cuerdas y las poleas de la maquinaria subterránea del Coliseo, esperaba Quinto, capitán de la guardia y antiguo capitán de legionarios bajo las órdenes de Máximo. Lo acompañaba su tropa de silenciosos y funestos pretorianos. Los guardias entregaron el prisionero a Quinto, que no mudó su expresión.

El capitán indicó en silencio a sus hombres que introdujesen a Máximo en la jaula. Una vez que lo hubieron hecho, los pretorianos se retiraron y el mismo Quinto entró para asegurarse de que los grilletes estaban seguros. Al inclinarse junto a él, Quinto murmuró unas palabras que sólo Máximo pudo escuchar:

—Soy un soldado. Obedezco.

Se acercaban pasos.

Quinto recuperó su pose severa y se retiró para montar guardia ante la puerta cerrada de la jaula.

Por uno de los túneles llegó el emperador Cómodo con una escolta de pretorianos. Junto con él apareció también un grupo de criados que portaban una armadura.

El mismo Cómodo llevaba puesta su gloriosa armadura de oro blanco de Hércules y se movía con el porte de un conquistador del mundo.

Le hizo un gesto a Quinto, agitó la mano en dirección a los guardias, que abrieron la jaula. El emperador y su escolta de seis hombres entraron; Quinto cerraba la comitiva.

Máximo se preparó para lo peor, para morir en cualquier instante.

Cómodo se colocó a su lado y sonrió, señalando con la cabeza a la muchedumbre de arriba.

—Claman por ti —dijo—, el general que se convirtió en esclavo. El esclavo que se convirtió en gladiador. El gladiador que desafió a un emperador. —Hizo un gesto a los criados que llevaban la armadura para que comenzasen a preparar a Máximo para la arena—. Una historia asombrosa —le dijo a Máximo—. Y ahora el pueblo quiere saber cuál será el final.

Un guardia comprobó que los grilletes de Máximo aún estuvieran seguros mientras los otros esperaban con las espadas desenfundadas, en guardia.

—Sólo puede acabar con una muerte aclamada —prosiguió Cómodo mirando al héroe de arriba abajo—. ¿Y qué podría ser más glorioso que retar al mismísimo emperador en la gran arena?

Máximo no creía lo que acababa de oír.

—¿Quieres luchar conmigo? —preguntó.

Los sirvientes del emperador entraron y se dispusieron a vestir a Máximo con las espinilleras, los guanteletes y demás partes de la armadura. También tenían aparejada su coraza negra y plateada del Regimiento Félix, pero se la pondrían al final. Máximo observaba la escena con creciente recelo.

—¿Por qué no? —dijo Cómodo—. ¿Crees que tengo miedo?

—Creo que has tenido miedo toda tu vida —respondió Máximo, intentando imaginar todas las formas posibles en que ese tirano cobarde podría amañar la lucha abrumadoramente a su favor, si es que iba a haber lucha.

—No como Máximo, el invencible —se burló Cómodo—, quien nunca le teme a nada.

Máximo lo miró con puro desprecio.

—Yo sabía lo que era el miedo —dijo—. Desde que me arrebataste todo lo que me importaba en el mundo, sí, desde entonces, ya he perdido el miedo por completo.

—Aún tienes la vida que perder —le recordó Cómodo.

Máximo lo miró de igual a igual.

—Una vez conocí a un hombre que decía: «La muerte nos sonríe a todos. Lo único que podemos hacer es devolverle la sonrisa.»

—Me pregunto —dijo Cómodo con una sarcástica sonrisa de satisfacción— si tu amigo le sonrió a su propia muerte.

—Tú debes de saberlo —contestó Máximo—. Era tu padre.

Cómodo se quedó paralizado. Por un breve momento, clavó la vista en Máximo, quien le sostuvo la mirada. Una extraña expresión cruzó el rostro del emperador: una expresión más suave, que casi podría haber sido la expresión del remordimiento.

—Querías a mi padre, lo sé —dijo—. Pero yo también. Eso nos convierte en hermanos, ¿verdad? —extendió los brazos como para abrazarlo, acercándose al general en una muestra de buena voluntad.

De pronto, Máximo se tambaleó, ahogado por un repentino dolor.

Cómodo sonrió al gran guerrero invencible. Había apuñalado a Máximo en el costado: le había infligido una herida profunda, mortal, con una hoja tan fina y afilada que era casi invisible, excepto por las gotas de sangre que empezaron a caer de ella.

—Sonríe para mí, hermano —espetó Cómodo con un tono de risa burlona.

Tiró de la daga.

Quinto se limitó a mirar, luchando por ocultar su horror.

—Ponedle la armadura —ordenó Cómodo con brusquedad—. Tapad la herida.

Los pretorianos sostuvieron al herido Máximo mientras le colocaban la coraza. Lo soltaron de las cadenas y le pusieron una espada en la mano.

Cómodo hizo otra señal. Los sirvientes se dispersaron, apartándose de la jaula.

Unos trabajadores tiraron de los postes de las esquinas y la jaula se desmontó, de manera que sólo quedó la plataforma. Un pelotón de pretorianos armados hasta los dientes se reunió allí con el emperador y con Máximo.

Las cuerdas rechinaban, tensas.

El techo se abrió y la luz entró a raudales desde arriba.

El estruendo de la multitud inundó la cámara

subterránea a medida que las secciones del techo se abrían, y pétalos de color escarlata caían flotando como nieve en el aire nítido.

La plataforma ascendió como un elevador gigante, subiendo a Cómodo y a Máximo hacia la dura luz de la arena.

63

El Coliseo estaba abarrotado. Los cincuenta y cinco mil asientos estaban ocupados. Diez mil personas más estaban de pie donde podían, ansiosas por ver el espectáculo prometido.

La arena, bañada por el sol, estaba recubierta de pétalos de rosa.

El toque de trompetas y cuernos de caza sonó con fuerza; la llamada de Hércules a la batalla.

Cuando el centro de la arena empezó a abrirse, todas las miradas se dirigieron hacia él. Despacio, una plataforma emergió de las profundidades. Sobre ella no había sólo un hombre, como esperaban, sino un negro y lustroso *testudo*, la famosa formación de tortuga de la legión, creada con los escudos curvos unidos entre sí por todas partes.

En el momento en que la plataforma llegó al nivel del suelo, el *testudo* se abrió de repente como una gigante flor. Los soldados con los escudos se diseminaron y dejaron tras de sí a dos hombres sobre la plataforma.

Un momento de fuerte impresión acalló a la multitud. Luego empezaron a gritar y a patalear con entusiasmo al reconocer al emperador en la figura de la resplandeciente armadura de oro.

El hombre que estaba junto a él, el que llevaba la armadura de las legiones, era el heroico Máximo.

Cómodo bajó de la plataforma y tomó la espada que le ofrecía Quinto. Se volvió despacio en todas direcciones, con los brazos abiertos, ofreciéndose en silencio, gloriosamente, a la multitud: el gran artista cosechaba los aplausos.

Máximo estaba firme, mirando alrededor con actitud desafiante, pero tuvo que emplear todas sus fuerzas sólo para mantener la dignidad y no perder el conocimiento. Vio a Lucila y a Lucio en el palco imperial, guardados por muchos hombres. Avistó a Graco en el palco senatorial, junto con un gran número de senadores desconocidos, también muy vigilado.

Juba y el resto de los gladiadores supervivientes se apiñaban contra los barrotes de la jaula junto a la palestra, miraban a Máximo y esperaban el inevitable enfrentamiento.

Las trompetas sonaron de nuevo y Quinto hizo señales para que cien pretorianos de capa negra entrasen en la arena. Formaron un amplio círculo en torno a los dos luchadores, de cara al interior con sus altos escudos negros bien asidos en sólida formación.

Cómodo desenvainó la espada y la alzó a lo alto para que todos la vieran relucir al sol.

Máximo se inclinó con lentitud y tomó un puñado de tierra, como era su costumbre, para mostrar que estaba preparado para la batalla aunque aún iba desarmado.

Quinto tiró la espada de Máximo al suelo, cerca de sus pies.

Máximo se agachó con un fuerte dolor y la recogió. Comenzó la lucha.

Con el primer golpe asestado por Cómodo, Máximo se trastabilló. El público soltó un grito sofocado. Con el segundo, Máximo cayó al suelo. La multitud protestaba.

Cómodo dio un paso atrás, para que todos viesen que le daba una oportunidad a su enemigo.

Máximo consiguió a duras penas ponerse en pie, mareado. Su sangre manchaba la arena, el sol reverberaba en la brillante armadura del emperador y le empañaba la vista. Oyó la voz del público, a veces ensordecedor, a veces distante. Los rostros de la multitud iban y venían, desenfocados. Luchó por permanecer erguido.

Juba miraba a través de los barrotes de su jaula y se fijó en el fino hilo de sangre que manaba de la armadura del general.

Lucila contemplaba con agonía a Máximo, que pareció mirarla directamente a ella. ¿Acaso la veía? De manera instintiva, ella extendió un brazo y gritó su nombre.

Cómodo volvió a atacar, casi con gracia de bailarín debido a su gran seguridad y, de nuevo, Máximo flaqueó. Cómodo levantó los brazos hacia la multitud y esta vez se vio recompensado con un clamor: «¡Cómodo! ¡Cómodo!» Al público le encantaban los ganadores.

Máximo se bamboleaba. El brillo ardiente del sol lo deslumbraba. Y de pronto, más allá de todo aquello, vio relucir el sol en una vieja pared de adobe blanqueada... Y en esa pared, una pesada puerta de madera negra... La puerta se abría y dejaba ver el campo que se extendía a lo lejos...

Se abalanzó hacia delante, como para cruzar aquella puerta. Pilló a Cómodo por sorpresa y descargó un golpe.

La multitud profirió un rugido.

A Cómodo le agradó la energía renovada de Máximo; eso lo haría quedar aún mejor. Una vez más, con violencia, derribó a su contrincante. El clamor del público cedió el paso a un mero murmullo.

Mientras Máximo paraba un malicioso golpe de la espada de Cómodo y se ponía en pie con dificultad, sólo se oía el sonido de los dos hombres en la gran arena, amplificado por la acústica natural del gigantesco anfiteatro.

Lucila permanecía en pie, vestida de blanco.

Juba y los gladiadores observaban en silencio, aguardando el final.

Otra visión se cruzó por los ojos de Máximo... Una mujer erguida... Borrosa, en una puerta de madera negra que se abría en una pared blanca... Más allá de la cual discurría una senda por un ondeante campo de trigo, junto a un ciprés... El sonido de la risa sonaba a música...

Cómodo preparó su estocada mortal, alzando la espada sobre la cabeza gacha de Máximo.

—¡Máximo! —gritó un rostro desde la silenciosa multitud.

Cómodo miró alrededor, molesto por aquella intrusión.

El público se unió a aquel grito: «¡Máximo! ¡Máximo! ¡Máximo!»

Cómodo se volvió hacia su contrincante, enfurecido, y asestó el terrible golpe que pondría fin a la vida de aquel molesto general de una vez por todas.

Sólo un acto reflejo dictado por el cerebro de guerrero de Máximo, forjado tras años y años de combates, consiguió levantar su espada a tiempo para frenar la de Cómodo.

Al hacerlo, el canto que resonaba de una grada a otra, «¡Máximo! ¡Máximo!», calaba en el hombre herido, infundiéndole nuevas fuerzas.

Se levantó de repente y atacó, haciendo recular a Cómodo a través de la arena.

El público estaba a punto de enloquecer y se había levantado de sus asientos.

Cerca del palco imperial, sin embargo, un nuevo Cómodo, con nervio, eludió la hoja de Máximo y llevó a su débil contrincante de nuevo al otro lado de la arena. Una vez más, el final parecía estar a unos pocos segundos.

Alentado por aquel clamor ensordecedor, Máximo hizo acopio de energías por segunda vez y repelió a Cómodo con un giro completo que abatió al emperador. Máximo descargó un fuerte golpe en la coraza dorada de su contrincante mientras éste caía al suelo.

Pero entonces el mundo empezó a dar vueltas y Máximo, dando traspiés, desfalleció. Cómodo tuvo tiempo de ponerse en pie y contraatacar. Hendió su hoja desde atrás en la pantorrilla derecha de Máximo.

Mientras el emperador lo perseguía, compitiendo por el golpe de gracia, Máximo vio un hueco y se precipitó hacia él, sorprendiendo a Cómodo con un brutal movimiento hacia arriba que le hirió el brazo derecho. Cómodo dejó caer la espada.

El emperador, ahora desarmado, miró a Quinto.

—¡Quinto! ¡Tu espada! —gritó.

Pero Quinto lo miraba como si no lo viera.

Cómodo se volvió hacia los pretorianos.

—¡Una espada! ¡Dadme una espada!

Algunos hicieron el gesto de desenvainar sus armas.

—¡Envainad las espadas! —ordenó Quinto tajantemente.

Los pretorianos obedecieron y enfundaron los aceros.

Cómodo miró en derredor, de pronto estaba aterrorizado. Miraba al gran público y escuchaba el nombre de su enemigo por todas partes.

«¡Máximo! ¡Máximo! ¡Máximo!», coreaba el gentío. Los senadores gritaban aquel nombre. Juba y los gladiadores también se sumaron a los vítores con entusiasmo.

Lucila permanecía en silencio, aguantando la respiración. Su universo se tambaleaba sobre su eje.

Sin embargo, Máximo, el hombre al que aclamaban, se moría. Apenas se sostenía en pie. También a él se le cayó la espada de las manos. Parecía extender los brazos para alcanzar algo... La visión de una pared iluminada por el sol... Un campo de trigo... La risa... Cómodo lo observó temblar y caer de rodillas. Aunque había perdido la espada, caminó hacia el gran Máximo, se quedó de pie a su lado... y se extrajo una daga de la manga. Sin esperar que aquel hombre agonizante opusiese resistencia alguna, Cómodo levantó la daga para asestar una última cuchillada asesina.

Máximo vio descender la hoja. Consiguió aferrar el brazo de Cómodo y hacerlo caer rodando a tierra. Reuniendo fuerzas del más allá, dio la vuelta a la daga y la clavó a fondo en el cuello de Cómodo con un último ímpetu poderoso.

Una mirada de sorpresa y luego una fugaz expresión de vulnerabilidad, o tal vez de arrepentimiento, se reflejaron en el rostro de Cómodo antes de que cayese y rodara sobre la arena, muerto.

Máximo se incorporó poco a poco, dio un paso al frente y extendió una mano como para mantener el equilibrio.

Quinto dio un paso adelante.

—Máximo...

—Quinto, libera a mis hombres —murmuró con voz áspera.

La multitud guardaba un silencio sepulcral.

Máximo vio su propia mano en la puerta de madera negra, empujándola para abrirla... El campo de trigo cálido bajo el sol, la senda serpenteante junto al ciprés... Una mujer se alejaba, un niño corría... Miraban atrás, su mujer sonreía con afecto... El sonido de los pasos del niño que corría y se alejaba por el camino resonaba en sus oídos...

Máximo se desplomó en la arena.

El público emitió un gran grito sofocado al que siguió el más absoluto silencio.

En medio de aquella quietud, Lucila, alta y vestida de blanco, cruzó la arena hacia donde yacía Máximo. Se hincó en tierra y lo abrazó. Comprendió que nada podía hacerse para salvarlo, pero quería que la oyera antes de que todo hubiese terminado. Necesitaba que lo supiera.

—Máximo —dijo con dulzura.

Los ojos moribundos de Máximo parpadearon.

—¿Lucio está a salvo? —se esforzó por preguntar.

—Sí.

—Nuestros hijos viven.

Lucila sonrió.

—Nuestros hijos viven —asintió—, y están muy orgullosos. —Lo besó, sollozando, y le susurró—: Ve con ellos. Estás en casa.

Máximo caminó a través del campo de trigo, dejando que las espigas se deslizaran entre sus dedos... La encantadora mujer paró y dio la vuelta. Llamó al chico, que se detuvo y miró hacia atrás. Luego echó a correr por la senda hacia el hombre que estaba en el campo de trigo, hacia su padre, que por fin regresaba a casa.

Máximo murió en los brazos de Lucila, quien lo recostó con amor sobre la arena.

Cuando se puso en pie, el anfiteatro al completo estaba pendiente de su menor movimiento. Se irguió, se volvió y habló a los senadores. Sólo un pequeño temblor de su voz traicionaba las emociones que azotaban su alma.

—Roma vuelve a ser libre —dijo.

Graco y los senadores escucharon sus palabras, y la fuerza de su voz.

—¿Vale Roma la vida de un buen hombre? —gritó—. Hubo un tiempo en que lo creíamos. Haced que volvamos a creerlo.

Lucila permaneció junto al cuerpo de Máximo mientras Graco y los senadores descendían en fila a la arena.

—Fue un soldado de Roma —declaró Lucila—. Honradlo.

Se oyó la voz de Quinto:

—¡Liberad a los prisioneros!

Una mano hizo girar la llave que abría las jaulas en las que Juba y los demás gladiadores estaban encerrados. El númida, a la cabeza de los últimos gladiadores de Próximo, los guió a la arena.

Los pretorianos retrocedieron en una instintiva muestra de respeto.

Graco quedó de pie junto al cuerpo.

—¿Quién me ayudará a cargar con este hombre?

Unas cuantas voces de las gradas rompieron el silencio, pronunciando el nombre de Máximo. Muchas otras voces se sumaron a ellas enseguida. Pronto el clamor se convirtió en un ensordecedor homenaje.

Los gladiadores tomaron posiciones a modo de guardia de honor alrededor de su compañero caído y lo alzaron sobre sus hombros. Silenciosos y solemnes, en pos de Graco y el resto de los senadores, se llevaron a Máximo de la arena en una lenta procesión.

Lucila permaneció largo rato en el mismo lugar, observándolos marchar. El cadáver de su hermano demente yacía en la arena ensangrentada y cubierta de pétalos, detrás de ella.

EPÍLOGO

Los juegos habían terminado.

Su instigador había muerto, y lo lloraron poco.

El Coliseo estaba vacío, en silencio con toda su magnificencia, cuando Juba cruzó bajo el sol la blanca arena, cubierta aún de pétalos marchitos. No se sentía oprimido por el gran vacío de un lugar concebido para miles de personas. No, Juba, vestido ahora con su chilaba africana ya que pronto regresaría a su hogar, sólo experimentaba el consuelo de verse libre de aquellas voces que exigían sangre humana.

Sin embargo, aún oía una voz en la gigantesca arena: la voz de Máximo, el gran luchador, que le preguntaba por su hogar en África, le hablaba de su propia casa en Hispania. Máximo le decía que a la hora de la verdad había que tener «valentía y honor».

Juba se dirigió al centro de la arena y encontró el lugar exacto que buscaba: una pequeña mancha de sangre en la tierra arenosa. Se arrodilló allí y excavó un pequeño agujero. De la chilaba sacó una bolsa de piel y la abrió. En el interior estaban las figurillas de los antepasados de la mujer y el hijo de Máximo.

Con sumo cuidado las enterró allí, en el lugar donde había muerto aquel a quien amaban. Las cubrió con la tierra que llevaba la sangre de su ser amado para que les resultara más sencillo reencontrarse en la otra vida.

—Ahora somos libres —dijo en voz alta, mirando alrededor, a las gradas, ese monumento desierto a la depravación—. Este lugar quedará reducido a polvo, pero nunca te olvidaré.

Niveló la pequeña tumba y permaneció junto a ella.

—Volveremos a vernos —le aseguró a su amigo. Una gran sonrisa le iluminó el rostro, la que le había ofrecido a Máximo ya en vida, la que pronto compartiría con su propia mujer e hijas—. Pero aún no.

Despacio, abandonó la palestra. Sólo una vez volvió la cabeza para mirar aquel lugar mientras el viento barría pétalos carmesí por el patio de la muerte.